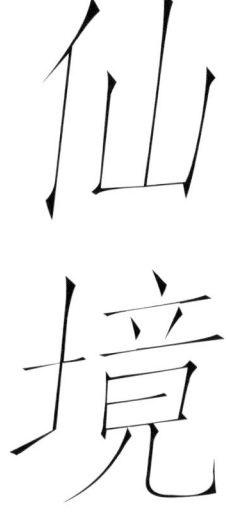

哲贵_著

上海文艺出版社

目 录

归途 1

仙境 37

图谱 78

企业家 110

骄傲的人总是孤独的 145

打渔人吕大力的缉凶生涯 173

每条河流的方向与源头 185

在书之上 226

酒 247

活在尘世太寂寞 269

跋 291

归途

1

有时候，叶一杰是蛮不讲理的。

这种情况当然不是每天都发生，不是的，见过他的人，或者和他打过交道的人，都觉得他温和，甚至乖巧。他是温文尔雅的，脸上浮着浅浅笑意，又似乎有一股淡淡哀伤，好像心事重重，却又不愿意说出来。给人一种疏离感。但只要他开口，语调总是缓慢的，轻柔的，很温柔，很有修养。但也可能是很没修养，他的温柔和缓慢里有拒人于千里之外的态度，差不多就是蔑视了。

叶一杰不承认自己是刻意的。

深究起来，这事可能跟他父母有点关系，可也未必有必然关系。

父亲是生意人，是信河街最早做百货生意的人，卖化妆品和服装，服装为主。从广州进货，在信河街批发。父亲就地取材，每天把自己打扮得花枝招展。那时，叶一杰才读小学。他已经有点懂事了，也可以说是半懂不懂。他没觉得父亲做生意和花枝招展有什么不好，当然，也没觉得好。母亲那时在百货公司上班，百货公司已经走下坡路了，用母亲的话说是，"墙脚被人挖了"。母亲的语气是不屑的，可也是轻松的，没有紧张和焦虑。可能百货公司属于国营单位，也可能父亲做生意很赚钱。她有点看不起父亲，却不排斥父亲赚来的钱。她用父亲的钱买好多衣服和化妆品，当然，她没有忘记给叶一杰买。

母亲有一个化妆室，除了梳妆台和一面落地镜，四周全是母亲的衣服和化妆品，比她百货公司柜台上的品种还要丰富多彩，叶一杰觉得那些化妆品和衣服是母亲的玩具。每次出门前，母亲会将他带进化妆室，让他站在梳妆台前，给他的脸颊扑胭脂，给他画眉毛，给他涂口红，给头发喷定型水，还会在他腋下和手腕撒香水。叶一杰不抗拒母亲在他脸上涂脂抹粉，相反地，他是乐意的，甚至有种期待。在化妆过程中，他的身体和内心有微妙反应，好像经过母亲的"打扮"，自己不见了，逐渐转化成另一个他，一个全新的他。这让他有点兴奋、有点激动，连说话的声调都变了。细声细气了，有颤音了，鼻尖和手心都冒汗了。母亲另一个爱好是给他试新衣服，一件又一件，化妆室地上扔得下不了脚，一直到她满意为止。对于新衣服，叶一杰说不上特别感受，但他没有任何不乐意，他知道，自己也是母亲的玩具之一。

到了初中，不一样了，男同学接近他是犹豫的，是好奇的，可能还有恐惧，看着他翘起来的兰花指，表情是怪异的。女同学表面上接纳他，她们是围观，是试探，内心是防备的，是小心翼翼的，表情是暧昧的。叶一杰后来觉得，这事对他的性格形成应该有一定影响。不过，叶一杰也想不出来，如果父亲不做百货，母亲不给他"化妆"，自己会成为什么样的人？最主要的是，他没有觉得这有什么不好。恰恰相反，他挺满意的，差不多给自己打了满分。

印象中，父亲和母亲很少在家。他读初中以后，更少见到他们。父亲已经不去广州"进货"了，他在信河街办起火凤凰服装公司，生产西装。他不再穿花花绿绿衣服了，每天西装笔挺，都是他公司生产的，他说，要让别人爱穿，先得自己爱穿。父亲是公司的"统帅"，财务管理、后勤服务、服装设计、流行趋势分析，包括布料剪裁和缝纫都管，好像他无所不知，更是无所不能。这可能正是母亲去火凤凰服装公司上班的主要原因，要有人监督他，让他收敛一些。她不能让父亲无边无际地飞，还无法无天了？母亲要去管财务，她知道，抓住财务，就抓住父亲的出水口，他想乱来都不能。父亲是跑过江湖的人，哪能不知道母亲的心思？怎么可能将财务大权交给她？母亲后退一步，要求管销售。父亲也没有同意。他不可能同意。如果将财务比喻成一个人的双手，销售就是一个人的双脚，如果父亲将销售交给母亲，他以后怎么走路？寸步难行的。他太知道这么做的后果了。母亲不乐意了，她的不乐意不会在脸上表现出来，而是在语气上：

"这也不让管，那也不让做，叶海鸥，你说句人话呀。"

"你去管生产。"

父亲胸有成竹地回答。生产重要不重要？当然重要，生产是服装公司运转的基础，如果没有生产，就像树木没有根，就像人没有空气。父亲将这么重要的任务交给母亲，是天大的信任，她当然无法拒绝。但是，从对父亲的"干涉"角度来讲，又是不重要的。对于整个服装公司来讲，生产环节相对独立，经济上独立核算，上班地点在市郊工业区，几乎是个独立小王国。母亲去了工厂，可以说是委以重任，也可以说是"发配边疆"。

2

读初二后，叶一杰开始"打扮"自己。这跟以前被母亲"化妆"有本质区别，以前是被动，现在是主动，以前是无意识，现在是有意为之，以前是勉强，现在是自觉。

他每天早上花在梳妆打扮上的时间是四十五分钟。毫无理由，他觉得需要这么长时间，值得花这么长时间，也必须花这么长时间，否则不出门。怎么见人嘛。他不会耽误上学的，七点钟出门，六点钟就会用闹钟把自己叫醒，四十五分钟用来梳妆打扮，十五分钟用来吃早餐。

起床后，第一件事是刷牙，必须三分钟。他刷得很轻，很慢，很温柔，好像用牙刷跟牙齿窃窃私语，这让他心情愉快，觉得生活是美好的。

刷完牙后是"拉大号"，这是每天早上必修课，没人要求他这么做，完全是生理需要。他觉得舒服，觉得踏实，坐在抽水马桶上非常有安全感，身体和精神都很愉悦，称得上享受。如果没有上学要求，他愿意一直坐下去。

然后就是洗澡了。晚上睡前洗一次，早上洗一次。晚上主要是洗灰尘和疲惫，是仪式，表示一天已结束。早上主要清洗身体排放出的气味，那是夜晚的气味，是"过期产品"。

拍化妆水是"基础工作"，再上一层薄薄的粉底液。上粉底液主要是为了遮盖脸上的瑕疵，叶一杰右上唇有个一厘米长的疤痕，那是学骑自行车时摔的。除了这个缺点，叶一杰的脸称得上完美无瑕。其实，叶一杰也没觉得脸上的疤痕是瑕疵，他不这么认为，他不太信任完美的东西。有了这个疤痕，才是正常的，才是令人满意的。他涂隔离水，上粉底液，目的并不在于遮盖疤痕（也未必遮盖得住）。意不在此。他是享受那个过程，看着镜子里的自己发生变化，变成一个全新的人，感到创造的快乐，那是成就感，是自满。上完粉底液后，叶一杰会扑上薄薄的定妆粉，若有若无，但肯定是有的，也必须有。上不上定妆粉是不同的，不上就是半成品，只有上了，所有工序才完整，才没有遗憾。

第二步是"画眉"，在叶一杰这里先是"修眉"，他的眉毛属于剑眉，又长又厚，如杂草丛生。他不排斥剑眉，但他不能让剑眉长得像杂草，得修整，他每天拿着镊子，将不听话的眉毛拔除。"修眉"完成后，叶一杰会用眉笔"画眉"，将剑眉拉长，使眉毛看上去油光发亮，有飞翔的气势和神态。

第三步是修容。先画出阴影和高光，再用海绵垫轻轻拍开。"拍"很重要，要"拍"得均匀，"拍"得有层次感，更要"拍"得不露痕迹，很考验耐心，也很考验水平。腮红是必须画的。画跟不画不一样。画上腮红之后，整个人的精神状态不一样了，饱满了，灵动了。而不画腮红，就会显得苍白、虚弱，显得没信心。叶一杰每次只画淡淡的腮红。周末不上学，他会在两腮和眼角撒几颗晶粉，效果立即不一样了，整张脸立体了，闪动了，神采奕奕了。

最后是上唇膏，这是关键。关键在于上什么颜色的唇膏。叶一杰没有具体数过有多少种唇膏，他怀疑自己有唇膏收藏癖，看见不同颜色的唇膏，他就想买。每一种唇膏的颜色代表一种心情，代表一种态度，也代表一个姿态和决心。当然，他不会涂上大红或者大黑的唇膏，他倒是想涂，但那只是一个人在房间里涂给自己看。他觉得很好。他曾经试过七种最夸张的基本色，当他将每种颜色涂上去后，心情和心态立即发生了微妙变化，就连看待环境的眼光也随之不同。平常，叶一杰只涂很薄的唇彩，薄到几乎不能察觉。但叶一杰的内心感受明显，有没有涂唇膏，对他来讲，几乎等同于对世界有没有态度。都快上升到生命和哲学高度了。

叶一杰左边耳朵打了耳钉。他不知道为什么右边耳朵没有打，也说不出为什么要打耳钉，只是好玩，觉得很酷，跟别人有点不同。他喜欢。

他还喜欢穿奇装异服。不是花枝招展，他要的是"奇"和"异"，是别出心裁。火凤凰服装公司生产的衣服他看不上，不是因为正经和死板，他要的是独特性，要的是唯一性。只能去裁缝店订制，他会告诉裁缝什么样式，并且无师自通地画起草图，甚至自己裁剪和缝纫。他的衣服分两类：要么特别紧身，裤腿紧得像青蛙大腿；要么特别宽松，像和尚的袈裟。颜色倒是很素的，只有黑、白、灰。

3

叶一杰烫头发、化妆、打耳钉、穿奇装异服，父亲和母亲不但没有制止，还提供经济支持。叶海鸥主要是无暇顾及，服装公司发展速度超出他的预料，他的"火凤凰"成了知名品牌，他还被同行推举为信河街服装商会会长。忙是一个原因，更主要的是，叶一杰觉得，父亲对他是满意的，每次考试，他的成绩都在班级前三，年级里前十。还有什么不放心的？每次考试成绩出来，叶海鸥都会牛皮哄哄地对妻子说：

"黄素素，你看看，这就是老子的基因。"

"哼，你的？"母亲撇了撇嘴。

在母亲眼里，至少在母亲嘴里，她是没有将父亲放在眼里的，即使他现在成了大老板。母亲一直保持着百货公司柜台营业员的高贵和傲慢，她一直是盛气凌人的，一直高高在上。叶一杰觉得，母亲的气焰比父亲旺盛，她一直"打击"父亲。可是，这个家，最终还是父亲掌握主动权，还是他主导方向。所以，叶一杰有时也会怀疑，母亲的盛气凌人和高高在上是装出来的，是虚弱的表现，她更像在和父亲怄气，耍性子，甚至是撒娇。当然，这只是叶一杰的猜想，他不太明白母亲和父亲的关系，从表面看，他们是敌我关系，水火不容，针锋相对。而且，往往是母亲占上风。实际情况是不是这样？叶一杰不知道，或许实际情况刚好相反。谁知道呢？

叶一杰认为，父亲对他比较满意还有一个原因，父亲做服装生意，他儿子喜欢化妆和服装，这有错吗？没有嘛。更主要的是，在做服装生意之前，父亲是个裁缝，他们叶家是裁缝世家，是专做旗袍的裁缝。在信河街，叶家是专门吃女人饭的，会翘兰花指是叶家男人的标志，是与生俱来的。这就是传承，这就是基因。基因是看得见摸不着的，是不可能被制止的。叶一杰知道，父亲有隐隐约约的担心，儿子涂脂抹粉，会不会有什么问题？有一次，父亲问他：

"儿子，你给老爸说实话，喜欢男孩还是女孩？"

叶一杰淡定地点点头：

"都喜欢。"

父亲看他一会儿，吐痰一样吐出一个字：

"操。"

在叶一杰的记忆里，翘着兰花指的父亲，在生活中却是个粗蛮的人。叶一杰曾经想当然地认为，会做旗袍的裁缝，都应该生得细长白净，动作轻缓，口气温软。父亲恰恰相反。当然，叶一杰从来没有否认父亲曾经是个裁缝的身份，谁规定裁缝就不能是父亲这种形象？父亲初中只读了一年，就"宣布""老子毕业了"，他说自己的知识"够用了"。父亲甚至罕见地使用了一个成语：绰绰有余。对于传承叶家的裁缝技术来讲，父亲读的书确实"够用"了，叶家男人似乎一生下来就会做旗袍，读不读书是次要的。父亲的第一个特征是尖嗓门，介于男声和女声之间,好像有一只无形的手掐着他的喉咙,发出的声音是气急败坏的,一开口就像跟人吵架;第二个特征是脏话多,张嘴就是"操",对母亲更是如此。叶一杰发现,父亲跟他说话,是相对克制的,尽量不带脏字。但把他惹急了,照"操"不误。

母亲嗓门不高,也不会说脏话,不屑。她走的是另一条路,一条与父亲不同的路。但她说出的话,打击力度一点也不比父亲差。她去管生产后,父亲的服装公司去下订单,必须预缴百分之三十订金,父亲一听就恼了:

"操,老子自己的工厂,缴屁的订金?"

母亲不回应,但也不在生产单上签字。这下父亲急了:

"黄素素,耽误了老子的交货日期,你就死定了。"

母亲听完后,从鼻孔里发出两声冷笑:

"要死也是你死,轮不到我。"

父亲一听,骂了一句"操",乖乖让公司财务给工厂预付百分之三十订金。

交货时,母亲要求父亲将货款全部付清,否则不出货。父亲一听,跳起来:

"黄素素,你打劫呢?你去信河街问问,哪家公司不欠工厂货款？"

母亲不紧不慢地说：

"别人可以欠货款，你不行。"

父亲说：

"操，为什么老子不行？"

母亲慢悠悠地说：

"你可以去欠别人的呀，欠我的货款算什么本事？"

父亲与母亲打交道，绝大多数，都是父亲气势汹汹地来，最后偃旗息鼓地回。他每一次都发脾气，说再不给母亲订单了，但下次还是给。只有母亲工厂实在赶不出来，他才给别的工厂做。他拖欠其他工厂货款是理所当然的，在信河街，拖欠货款三个月是约定俗成的，但他没有在母亲工厂拖欠过一分钱。当然，是母亲不让他拖欠。或者，从另一个角度来讲，也可能是父亲一直让着母亲。

4

除了喜欢化妆，叶一杰还喜欢上长跑和唱越剧。他喜欢越剧那个调，一句话分成四五段，唱得支离破碎。他喜欢支离破碎，喜欢非常态。非常态就是飞翔，就是艺术。很酷的。喜欢长跑他是有目的的，他不想当田径运动员，更不想跑马拉松，他只是喜欢跑，跑到所有人都被甩在身后，跑到筋疲力尽，跑到身体失去知觉，跑到整个世界消失。他从来没跟人说过跑步的痛苦、艰难和畏惧，说得直白一点，就是跟身体过不去，就是折磨，让身体始终保持疲惫和兴奋，让身上每一块肌肉始终保持酸痛。疲惫、兴奋和酸痛是可以中和的，可以发酵，变成情绪，变成对待生活的态度：无所谓。什么事情都无所谓。可以这么说，他喜欢跑步，是喜欢身体背后另一个自己，一个处处与自己"作对"的自己。两个自己相处得如鱼得水，却又爱恨交加。叶一杰不知道背后是不是还站着另外几个自己，他不知道，因为他不知道自己是个什么样的人，不知道自己为什么要这么做，更不知道接下来要做什么。但他知道，说不定哪一天，突然厌倦了跑步。

叶一杰高二开始欢喜上摄影。那年暑假，他在父亲服装公司的资料室看到一本名叫《时装设计》的杂志，封面是一个名叫艾迪·斯里曼的男人。叶一杰发现那个叫艾迪·斯里曼的男人正用忧郁的眼睛看着他，他被吓住了，身体哆嗦了一下，涌上一阵莫名其妙的酸痛。他觉得那不是一双眼睛，而是"一束光"投射在他身体上，立即将身体击穿。同时他被点燃了。他似乎听见身体被烧得噼里啪啦响，很快烧成了一堆灰烬。叶一杰突然想大哭一场。没头没脑的。

一开始，叶一杰对艾迪·斯里曼的喜欢是模糊的，这个出生在法国巴黎的服装设计师，是突尼斯和意大利混血儿，自己到底喜欢他什么？他有什么吸引人的特质？他也不清楚那"一束光"代表什么，会在他身上起什么作用？当天晚上，在餐桌旁，他向父亲提出购买一台相机的想法，父亲问他：

"你买相机做什么？"

叶一杰毫不犹豫地回答：

"我要当摄影家。"

一周之后，父亲给叶一杰买来一台苏哈相机。这是叶一杰没有想到的，在这一点上，叶一杰充满感激，无论父亲平时言行多么粗俗，也无论他与母亲的意见多么不统一，但他从来没有拒绝过叶一杰的要求，哪怕是突发奇想的要求。父亲将相机交给叶一杰时，只说了一句话：

"儿子，老爸只能做到这一点了。"

这倒是他的口气，也是他的思维方式。他这种方式，在母亲看来，就是夸张，就是不切实际，就是胡乱花钱，就是显摆。但母亲也没有反对叶一杰要当摄影家的想法，虽然她未必理解摄影家是个什么职业，能不能赚口饭吃，她只是觉得，花二十八万买一台相机过于浪费，如果花一万元，她能接受。

其实，当叶一杰告诉父亲"我要当摄影家"时，他也不知道摄影家是什么，更不知道如何才能成为摄影家。他只是被艾迪·斯里曼的人生吸引，被他拍摄的照片震撼到，至于艾迪·斯里曼身上有什么特殊品质，或者说，艾迪·斯里曼要表达什么精神，他并没有清晰的认识。当然，以他当时的学识，也无法有准确的判断和认知。

当他拿着苏哈相机，行走在上海的弄堂和北京的胡同，将镜头对准那些深夜在酒吧买醉以及次日凌晨醉卧街头的青年人时，他才似有所悟：艾迪·斯里曼所要表达的，可能是青年人对待世界的态度，既内敛又放纵，既欢乐又悲伤，既充满希望又满怀绝望，既一往情深又逢场作戏。他从艾迪·斯里曼的人生中，看到一个青年人对自己的要求，那么苛刻，又那么宽容，那么任性而为，又那么循规蹈矩。更主要的是，他从艾迪·斯里曼身上看到一个人的无限可能性，更看到一个人的不稳定性。这是最让他着迷的。

所以，高中毕业时，他报考了北京一所大学的艺术系。按照他的分数，可以报考上海复旦大学，但他要学摄影，要走一条与艾迪·斯里曼相似的路。他固执地认为，只有到北京，才有可能接近艾迪·斯里曼的人生，才可能在这条路上走下去。

进入大学后，叶一杰开始了他的摇滚时期。他蓄起长发，穿上紧身皮衣皮裤，组建摇滚乐队，担任吉他手和主唱。名字也是他起的，叫"一意孤行"乐队。说起来，叶一杰的吉他，是在上大学前的暑假自学的，他对照教学视频练习。这是他异于常人之处，当他决定学习一个东西时，所有生活便只有这个东西，他的所思所想、所作所为，包括白天和黑夜，一切都围绕着吉他。练吉他最难的是指法，要做到心手合一。特别是刚开始阶段，手指僵硬，不听使唤，令人泄气。但叶一杰不管，他从来没有气馁过，夸张一点地说，自从抱起吉他后，整整两个月，他连睡觉也抱着它。两个月后，他能够自如地弹奏所有他想弹奏的乐曲了。

组建"一意孤行"乐队后，他们重新改编了崔健的《一无所有》和《花房姑娘》，也改编了张楚的《孤独的人是可耻的》。更主要的是自己创作，叶一杰将越剧和京剧的唱腔融进摇滚。他的理解，摇滚是对现实的呐喊，或者说是反叛，是当下的。包括崔健，包括张楚，都是。他觉得不能再跟在崔健和张楚后面奔跑，他们的摇滚要有新内容，或者说是新的反思。他想从历史的角度来反思现实，对现实提出批判。

5

从大一到大三，叶一杰带着他的乐队，每周穿行在北京各个高校。他也带着乐队去酒吧驻唱，参加各种音乐节。在这期间，他和乐队一个女孩子谈了一场恋爱，那是两堆火交集在一起，双方只是为了燃烧，包括身体，包括灵魂。轰轰烈烈的燃烧注定是短暂的，注定石火电光，难以持久，燃烧之后便是灰烬，便是寂冷。他们相处了一年，女孩离开乐队，参加电视台举办的歌手大赛，最后进入前十，走上流行乐坛，成为人气歌手。

叶一杰在大三那年决定出国。细究的话，这跟那个女孩的分手，不能说没有一点关系，他无法认同女孩的选择，但也不能讲出她的选择究竟错在哪里，只是于他不合适而已。这正是他的迷茫所在，女孩作出了她的选择，而且，坚定地走下去，他呢？还能在摇滚路上"一意孤行"吗？他发现自己不行。乐队还在，已经有了微薄声誉。但是，让叶一杰迷茫的是，他对摇滚乐产生了怀疑。怀疑先是从历史开始的，他花三年时间进入历史，却发现历史那么飘忽不定，甚至模棱两可。他不是虚无主义者，只是迷茫，只是不知所措。同时，他也对现实产生了怀疑，他以为历史可以给他一条线索，可以纵向地追问到现实。但他发现了历史的不确定性，这个不确定性动摇了他对现实的把握，更动摇了他对现实的反思和批判——失去了聚焦，反思和批判显得那么无力，甚至有点滑稽可笑。他决定调转方向，去寻找必将面对的未来。他想到了出国。

他将想法和父亲商量时，父亲问他：

"你想去哪里？"

"去美国。"

"学什么？"

"学服装设计。"

这么回答父亲后，叶一杰突然发现，自己的人生轨迹，终于绕回到艾迪·斯里曼这里。这个发现居然让他有点窃喜。

让叶一杰意想不到的是，因为他的决定，父亲将全家办了移民。父亲在美国纽约设立分公司，申请绿卡。

在申请美国绿卡这件事上，母亲的意见和父亲罕见地一致，她甚至鼓励叶一杰，如果有可能，入籍成为美国公民。

移民之前，父亲跟他有过一次对话。父亲说，以后美国的公司就交给你打理，赚了归你，亏了算我的。叶一杰拒绝了，他说，我的理想不是成为一个成功的商人。父亲问他，你是不是还想成为摄影家或者设计师？叶一杰说这一阶段不想成为摄影家和设计师了，我想成为一名音乐家。父亲沉默了好长时间，开口说：

"操，就你套路多。"

到美国后，叶一杰先在专门学校里学习半年语言，通过了托福考试，然后申请进入纽约帕森斯学院，开始学习服装设计。

帕森斯是美国最大的艺术与设计学院，世界著名的四大设计学院之一。也是全世界最贵的学院之一。叶一杰在皇后区租了一套公寓，每月租金六千美金。母亲非常心疼这笔租金，她让叶一杰和同学合租，至少可以省一半租金。但父亲不同意，他的理由是：

"我的儿子需要与人合租吗？"

母亲说父亲的理由是：

"神经病。"

叶一杰想，母亲说得没错，你的儿子为什么就不能与人合租？虽然父亲没有对此作出解释，但叶一杰大致能理解父亲此举的含义，父亲无非想给他一个相对独立的空间，他有能力提供这个空间。这是父亲的性格。当然，父亲或许有其他想法，他没表达出来，谁也无法猜测。

对于能进帕森斯学习,叶一杰也觉得意外。当时申请时提交的摄影作品,是他读高中时在北京拍摄的,服装设计稿是他到美国后根据自己对艾迪·斯里曼的理解绘制的。他对艾迪·斯里曼的理解就是偏执和不妥协,艾迪·斯里曼对艺术的理解完全是自我的,这种自我也体现在他的服装设计中:完全无视人体比例,而是根据想象来设计服装。他要体现的是他的美学,他的美学是充满偏见的,是不愿意与人和解的,斩钉截铁,毫无商量。

学习期间,叶一杰没有改变对服装的认识,依然延续艾迪·斯里曼的风格。他与艾迪·斯里曼的不同之处在于,他在对服装偏执、自我的基础之中,加入了黑与白元素。叶一杰不是简单地呈现这两种元素,那太机械,也过于直白,他是将黑与白混淆在一起,变成了灰,是模糊,是似是而非,是欲言又止,是无可无不可,甚至是一种不可言说的神秘感。这一点,艾迪·斯里曼的作品是没有的。说到底,艾迪·斯里曼的作品还是肤浅的,他对社会的反叛和批判,包括对自我否定,几乎一览无余地暴露在作品中,这些作品能给人以极强冲击力,甚至是震撼力。可是,问题正在于此,当叶一杰多年之后再审视这些作品，便感到深深的不满，震撼还有，反叛和批判也在，可力度明显减弱了，似乎是一个人在自言自语，都有点无病呻吟了。

更让叶一杰意外的是，他的作品得到了很大程度的认可。还没毕业，就有大公司的人事部门找上他，其中包括世界性的大牌普拉达。

对于叶一杰来讲，成为一个著名服装设计师，似乎是水到渠成的事。

6

叶一杰在帕森斯读书期间，是父亲服装公司发展的巅峰。

父亲真正的扩张是从二零零六年开始。他不满足于在服装领域"翻筋斗"，一种口味吃到底，太寡淡了。也不算英雄好汉。产生这种想法，一个最主要的原因是"火凤凰"发展太顺利，几乎没有遇到阻挠，就在全国开了近三千家加盟店。火凤凰西服成了商界成功男士首选品牌之一，每套均价五千元左右，是声誉和质量都有保证的西服品牌，父亲也因此被评为影响中国服装界的年度功勋企业家。站在叶一杰这个角度看，父亲的成功，当然有他自身的原因，包括他身上裁缝的基因，包括他最早去广州跑市场，更包括及时转型做品牌，父亲是主动的，他的嗅觉是灵敏的，是当机立断的。不过，叶一杰不知道父亲有没有想过，他的成功，很大程度上与时代有关、与潮流有关，说得更具体一点，与整个国家走向有关，他只不过是每一脚都踩到该踩的节点上。当然，这也很了不起。

　　叶一杰不知道父亲此时的真实想法，他想，以父亲一贯的性格，应该是志得意满，应该是豪情万丈，他应该会被成功冲昏了头脑。"火凤凰"的成功，可能会让他低估世界的复杂性，会让他对危险失去应有的警惕性。但父亲是从社会最底层拼出来的，是"下"过广州的人，他应该深知世界的复杂和危险，深知做成一件事不易，对世界和人性保持应有的距离和警惕。就是从那一年开始，父亲设定了新目标，开始他的"多元发展之路"，同时涉足休闲服、房地产、金融投资和矿产投资领域，他准备"大干一场"了。母亲保持着她一贯的谨慎与低调，对父亲的"扩张"不作任何评论。当然，父亲不会征求母亲的意见，也不需要。母亲的服装加工厂早就从他的服装公司剥离，他们现在是纯粹的生意关系。这种关系从某种程度上缓和了父亲和母亲之间剑拔弩张的对峙，拉开了空间，他们变得彬彬有礼了，差不多都要含情脉脉了。这是有问题的。问题非常大。一对吵吵闹闹的老夫妻，突然变得彬彬有礼和含情脉脉，是很不正常的，至少说明这段婚姻已经岌岌可危了，或者是名存实亡了。没得救了。

因为办了绿卡，父母每年必须来两趟美国。父亲于二零零六年下半年，花三百五十万美元，在纽约皇后区购买了一套别墅，平时交给亲戚打理。父亲和母亲有时一起来美国，更多是各走各的。他们每一次来，都会在别墅住半个月，这段时间，叶一杰也会住到别墅去。叶一杰知道，导致他们"决裂"的导火线是父亲一个举动，父亲不能免俗，跟他那一代多数成功企业家一样，身边跟了个年轻漂亮女秘书。母亲知道此事后，没有跟父亲发生一句争吵，甚至连求证的话也没有问，她平静地对父亲说：

"叶海鸥，咱们离婚吧，好聚好散。"

父亲舍不得，他不想离婚，从来没有想过离婚，最主要的是，他没觉得自己做错什么事，他说：

"黄素素，你莫名其妙了。"

母亲说：

"给各自留点颜面。也给儿子留点体面。"

父亲是有脾气的人，见母亲这么说，他不再挽留：

"操，你说离就离，老子听你的。"

父亲和母亲"和平分手"后，还保持着生意往来。母亲到美国来，对叶一杰说：

"你父亲是个好人。"

这不像母亲的口气，至少不像母亲以前说父亲的口气。母亲的口气让叶一杰琢磨不透，是赞扬呢？还是挖苦？但母亲也有新变化，她对自己的看法有动摇，不那么坚定了，没了十足的把握和信心，她对叶一杰说：

"我越来越搞不懂，我不看好的人和企业，最后都成功了。儿子你说说看，是不是你老妈过时了？"

这个问题，叶一杰无法回答，这已经超出服装设计范畴了。他内心是认同母亲的，母亲认定一件事，未必清楚意义，也未必喜欢，但选择之后，不会再犹豫。叶一杰知道，母亲的服装加工厂年生产总额达三十亿。母亲与父亲不同，她什么也不说。她在很多时候是沉默的。叶一杰不清楚，母亲的沉默是自信还是心虚。他不了解，母亲坚决和父亲离婚的理由，只是因为父亲带个女秘书？这不至于上升到颜面和体面问题呀，如果母亲不喜欢，让父亲解聘了她不就完了吗？太小题大作了。母亲可能是借题发挥，按照父亲的性格，未必只有母亲一个女人，可母亲呢？只有父亲一个男人吗？这些问题叶一杰只能猜想，他如果问父亲，父亲大概会跟他坦白，也可能避而不谈。如果问母亲，母亲肯定不会说，当然，也有可能，他一问，母亲把什么事都对他倒出来，不过，这种可能性不大。他也不了解父亲，父亲是个横行霸道的人，是个咋咋呼呼的人，至少他的言行如此，从这一点看，父亲是不可一世的，是强悍的，是极端自信的。可是，叶一杰有时也会怀疑，越是外表自信的人，内心恰恰最虚弱，必须依靠伪装生活。

  谁能预料到呢？二零零八年美国发生的次贷危机，几乎同时影响到中国的经济，也几乎同时波及信河街。

首先是银行抽断贷款，导致父亲很多项目的后续资金跟不上去。

遇到这种情况，父亲和信河街许多企业只能开展自救，他们以互相担保的形式向银行甚至贷款担保公司借款。细究起来，这是饮鸩止渴的做法，只要有一家企业倒闭或者跑路，便会拖累所有互保企业。到了二零一一年，除了保留住火凤凰服装公司，父亲放弃了其他所有公司，而他的火凤凰服装公司也已经元气大伤，负债累累了。

叶一杰想，这种打击对于父亲不可谓不大，他担心父亲就此萎顿、颓唐下去。他专门回了一趟信河街，帮不上忙，只能是心灵上一种慰藉吧。令他感到意外，父亲身上看不到一点气馁的影子，他对叶一杰说：

"儿子你放心，只要'火凤凰'还在，老子一定还能飞起来。"

叶一杰后来去母亲的新家，对她说了父亲现在的样子，母亲说：

"煮熟的鸭子嘴硬。"

7

帕森斯设计学院毕业后,叶一杰没有去普拉达。他没有跟父亲商量,也没有跟母亲商量。这是他的事,是他的选择。

其实,他去过普拉达美国分公司,做了三个月。去之前,和普拉达签了协议,三个月是适应期,如果合适双方再签聘用合同,如果不适应,各走各的。三个月后,叶一杰选择离开,他的理由只有一个,在普拉达公司,他无足轻重,连设计师助理都不是,更不要说展示自己的设计理念。当然,他可以选择等待,选择机会的降临。他不愿意。在叶一杰的人生字典里,没有等待这两个字,等待是被动的,他更愿意选择主动,即使是错误的,也在所不惜。

他去了一家小公司。

这期间,叶一杰谈了一个女朋友,叫董丽娃。董丽娃的父母也是信河街人,很早移民法国。董丽娃在法国出生,母语是法语,第二语言是英语,中国话和信河街方言能听懂,不会表达。她是在帕森斯学院和叶一杰认识的,她学的是摄影,看过叶一杰在学院举办的摄影展览,展示的是他到美国后在纽约街头拍摄的作品,还是延续以前在上海弄堂和北京胡同拍摄的风格。但叶一杰以前拍摄的照片里,含有他的观点,或者说,照片里有他要说的话。到纽约后,他拍的照片,已经将观点隐去,他只作呈现,将看到的和感受到的呈现出来。所以,纽约拍摄的摄影作品更混乱,也更模糊。叶一杰也看过董丽娃的摄影作品,她拍摄对象都是非现实的,都是她臆想中的事与物,画面捉摸不定,无法言说,因为在很多时候,她也不知道要表达什么。叶一杰喜欢的正是她的飘忽不定,是他主动找的董丽娃,接触后,才知道彼此都是信河街人。董丽娃很快搬进叶一杰租住的公寓。叶一杰有时会恍惚,两个信河街人在纽约相遇、同居了,却用英语交流。董丽娃却没有这种感觉:

"我觉得讲英语很正常呀。"

毕业后,董丽娃有留在美国工作的机会,但她选择回巴黎。他们的关系没有断,她过一段时间会来一趟纽约,叶一杰过一段时间也会去一趟巴黎。他们都很喜欢这种关系,既能在一起,又保持一定距离。在一起时轰轰烈烈，离开时云淡风轻。很好。董丽娃知道他喜欢艾迪·斯里曼，她问叶一杰有没有想过去巴黎工作，去巴黎可以见到艾迪·斯里曼。叶一杰说自己想过见艾迪·斯里曼，也曾经有过去奥迪工作的机会，他最后选择了回避。

董丽娃回法国第二年，交了一个法国男朋友。她来美国见叶一杰，两人经过身体剧烈交集后，躺在床上，董丽娃将手机里法国男友的照片调出来给叶一杰看，那是一个长得有点像艾迪·斯里曼的男人，看起来有点忧郁，她对叶一杰说：

"我爱你。"

没等叶一杰回答，她又指指手机里的照片说：

"我也爱他。"

等了一会儿，见叶一杰没有反应，她探过身子，亲了叶一杰一口：

"你也在美国找个女朋友吧，我不会反对的。"

叶一杰看着她，突然问道：

"你为什么爱我？"

董丽娃想了一下：

"我没有认真思考过这个问题,你这么一问,我想,我爱你,可能是你来自中国,来自信河街,那是我的过去。"

叶一杰指指手机中的法国男人继续问:

"这个男人呢?代表你的现在还是未来?"

董丽娃立即摇头说:

"不是的,他不代表我的现在和未来。如果一定要说,他只代表我撕裂和混沌的状态。我喜欢并享受在你和他之间摇摆的状态。"

停了一下,董丽娃问叶一杰:

"你还愿意跟我交往吗?"

叶一杰说:

"当然。"

董丽娃又问:

"你爱我吗?"

叶一杰答非所问:

"我倒是在你身上看到了未来。"

8

叶一杰是在工作六年后,才得到纽约服装界的认可的。他们认可了他的偏执,也接纳他的风格,最主要的是,他们终于将他和艾迪·斯里曼联系在一起,说他既有艾迪·斯里曼的风格,又保持相对独立的灵魂。所有的赞美,叶一杰都不置可否,将他和艾迪·斯里曼放在一起评价,是他多年的梦想。他知道,艾迪·斯里曼是他的启蒙老师,是他重要的精神支柱,如果没有艾迪·斯里曼,他无法想象自己现在是以何种面目行走在这个世界上。太难以想象了。所以,他认为,将他和艾迪·斯里曼放在一起评价,是对他最大的认可和褒奖。

母亲一直让他加入美国籍,董丽娃也不能理解他为什么不入籍:

"你觉得中国籍对你很重要吗?"

老实说,叶一杰没有认真想过这个问题。于他而言,大概是无所谓,以及对未来不确定性的认识。或者说,他内心深处还在迷茫。他喜欢艾迪·斯里曼,可他无法也不能成为艾迪·斯里曼。他内心也不愿意。谁愿意成为别人的影子？同样的道理，他喜欢美国，如果入了美国籍，就能成为美国人？再说了，即使成了户籍上的美国人又有什么用？他叶一杰呢，他是谁？他在美国的位置在哪里？或者，放到更大的范围来说，这个世界上，已经有了艾迪·斯里曼，却没有他叶一杰。他现在终于理解了，艾迪·斯里曼本身就是"一束光"，可以照亮这个世界，可以照亮像他这样的人。那么，他呢？他的"光"在哪里？

让他没有想到的是，到美国后，他一直保持着长跑习惯，每天十公里，大约需要五十分钟。长跑成了他生活中一项重要内容，就像他需要爱。他需要长跑，需要用长跑来维持身体的兴奋，保持一定的疲惫感，更需要用长跑来维持精神的飞翔。

他是在接到父亲火凤凰服装公司被法院拍卖的消息后，决定回中国的。对于他的决定，母亲在手机视频里这么跟他说：

"能不能先入了美国籍再说？"

父亲在手机里依然信心十足：

"回来好，机会比美国多。"

叶一杰知道，他决定回来，并不是因为"机会多"，他在美国也算站稳了脚跟。至少在服装界，是他在选择别人，而不是别人在选择他，主动权在他手上。父亲在那头又说：

"儿子，老爸最近在想，你如果回来，咱们一起做旗袍，你要知道，咱们叶家旗袍天下第一。"

父亲这么说时，气急败坏的声音里突然有了一丝妩媚，叶一杰似乎看见他在视频那头晃了一下兰花指。叶一杰转头看了看自己的手指，一下子恍惚起来。

董丽娃知道他的想法后，表示很惊讶：

"你怎么会想到回中国去？"

紧接着，董丽娃又问：

"你想过吗？回到中国，有几个人知道艾迪·斯里曼？有几个人能理解你的追求？"

他当然想过这个问题。他当然知道自己为什么会有这种想法，也知道董丽娃问的是什么。董丽娃没有回过中国，她大约不明白中国和美国、法国的区别在哪里，不明白他回去意味着什么，更不明白他的可能性在哪里。她的疑问是关于个人的。或许，她只有回到中国，站在中国的土地上，思考这个问题才有意义。叶一杰想带她回中国看看。他没有说出来。他想，这句话不应该由他来讲，他将决定权留给董丽娃。她有这个自由和权利。

2021 年

仙
境

1

从家开车到越剧团，大约需要二十分钟。车子一发动，余展飞身体有感觉了，兴奋了，柔软了。不是柔软无力，是柔韧，充满力量，跃跃欲试。同时，身体里好像有股水在流淌，可比水要绵柔，几乎要将身体溶化。很轻又很重。很淡又很浓。他很享受。

越剧团有两个排练厅，一大一小。他直接去小排练厅。不用事先联系，更不用打招呼，他知道，团长舒晓夏已经在小排练厅了。一打开车门，一阵音乐涌进耳朵，那是锣鼓声，是密集如万马奔腾的行板。一听那声音，身体立即又起了不同反应。这次是热烈的，是滚烫的，是奔放的，他几乎要摩拳擦掌了。他听见身体里有开水沸腾的咕噜声，那是身体被点燃的声音，他要绽放了。他知道，那是《盗仙草》选段，是越剧里难得的武戏，特别有挑战性，让他神往，令他痴迷。他都快恍恍惚惚了。

他进了排练厅，果然，舒晓夏已经化好装，正在厅里踱来踱去。她看见余展飞进来，朝他看一眼，那眼神是急不可耐的。两人直奔化妆间。

这是余展飞的习惯，也是他的态度，即使是排练，即使排练厅里只有他们两个人，他也要化装，也要穿上戏服。他不允许马虎，一点也不行。

舒晓夏给他化装，他们都没有开口说话。他们不需要。几十年了，只要一个眼神，一个微小动作，便可以领会对方的意思。什么叫心意相通？这就是。什么叫心有灵犀？这就是。而且，余展飞听了进来之前的伴奏音乐，已经知道晚上排练的内容，没错，还是《盗仙草》选段。

他和舒晓夏第几次排这个戏了？起码有几千次吧，甚至更多。

装化完了，舒晓夏帮他穿上戏服。他晚上扮演守护灵芝仙草的仙童，是短打扮，头上扎着一条红头巾。在正式演出的戏文里，守护仙草的仙童是四个，两个先出场，跟白素贞对打。被白素贞打败后，去后山请两个师兄出来。白素贞最后不敌，口衔仙草，被四个仙童架住。这时，仙翁出场，放她下山救许仙。

他们晚上练双枪。这是《盗仙草》里很重要的一场武打戏。当然，双枪几乎是所有中国戏曲里的重要武戏，也是最基础的武戏。正因为基础，要练得出彩不容易，太不容易了，几乎所有武生都会的动作和技术，大家都很熟练，都想做得出彩，怎么办？办法只有一个：创新。没错，只有做出别人不会做的高难度动作，只有做出别人不会也没想过的精彩又优美的动作，只有做出惊险又与白素贞冒死精神相协调的动作。难，太难了。但可能性也正在于此，吸引力也正在于此，激发创新的动力也正在于此。一般情况，白素贞和仙童都是先拿拂尘出场，然后是剑，再是双枪，最后是空手搏斗。空手搏斗的难点在翻跟斗，每个仙童翻跟斗都是不同的，都有讲究，第一个是前空翻，第二个是侧空翻，第三个是后空翻，第四个是前空翻加后空翻。空翻都是连续性的，有连翻三个，也有连翻六个，身体是否挺直，动作是否干净，很考验人的。双枪是《盗仙草》里的重头戏，是重中之重。一般的演出，白素贞和四个仙童各拿双枪，打斗到激烈处，四个仙童围着白素贞，将手中双枪抛向中间的白素贞，白素贞要用脚板、膝盖、双肩和手中的双枪，将来自四面八方的枪准确又利索地反挑回四个仙童手里。这里面有连续性，又有准确性，还要控制好力量和弧度，差一点点都不行。而且，八杆枪要连贯，要让观众眼花缭乱，要行云流水。既要武术性又要艺术性，要升华到美的高度。这太难了。

舒晓夏将伴奏音乐调整一下，跳过前面舞拂尘和舞剑的段落。直接到了耍枪花。那枪是老刺藤做的，一米来长，两头都有枪尖，中间涂得红白相间，枪尖绑着红缨，行话叫花枪。他们每人两根花枪，先是象征性地比划几下。戏曲的灵魂之一就是象征。

随着锣鼓声密集起来，他们站到排练厅中间，耍起枪花。看不出他们身体在动，其实他们全身在动，他们的身体很快被手中的枪花覆盖。他们的枪先是在身体左右画着圈，手臂不动，手腕随着身体扭动，锣鼓声越来越密集，枪转动的速度越来越快，红白相间的花纹这时变成红白两道光芒，两道光芒最后连在一起，形成一道彩色屏障。从远处看，排练厅中间的余展飞和舒晓夏不见了，只有两个彩色球体，纹丝不动，却又风起云涌。

耍完枪花之后，他们练挑枪。余展飞投，舒晓夏挑。这是余展飞和舒晓夏的创造，他们不是一根一根来，而是八根。余展飞将八根枪一起投过去，舒晓夏用脚尖、用膝盖、用肩膀、用枪将八根枪反挑回来。考验功力的是，余展飞八根枪是同时投过去的，而舒晓夏却要将八根枪连续挑回来，八根枪要形成一排，在空中划出一个优美弧度，像一道彩虹。练了一段时间后，反过来，舒晓夏投，余展飞挑。这种挑枪，整个信河街越剧团只有他们两个会，估计全天下也只有他们两个会。

2

父亲余全权是信河街著名的皮鞋师傅，绰号皮鞋权。他在信河街铁井栏开一家店，做皮鞋，也修皮鞋。他长期与皮鞋打交道，皮肤又黑又亮，连脸形也像皮鞋，长脸，上头大，下巴尖，张开的嘴巴像鞋嘴。对于余展飞来讲，父亲最像皮鞋的地方是脾气。皮鞋有脾气吗？当然有。皮鞋最突出的脾气就是吃软不吃硬，它不会迁就穿鞋的人，不能跟它"来硬的"，必须顺着它的性子来，要尊重它，要呵护它。但它又是感恩的，懂得回报。谁对它好，怎么好，对它不好，怎么不好，它是爱憎分明的，也是锱铢必较的。擦一擦，亲一口，它会闪亮。不管不顾，风雨践踏，它就自暴自弃了。它对人的要求是严格的，甚至是严厉的。它不会主动选择人，但会主动选择对谁好。不是一般的好，而是全心全意，甚至是合二为一，它会将自己融进人的身体里，成为身体的一部分。

父亲就是这样的脾气。每一双经过他修补的皮鞋，都有新生命，是一双新皮鞋，却又看不出新在哪里。他做的每一双皮鞋，看起来是崭新的，穿在脚上却像是旧的，亲切，合脚，就像冬夜滑进了被窝。

从皮鞋店到皮鞋厂，是父亲的一个改变，也是皮鞋对父亲的回馈。那一年，余展飞已经当了三年学徒，理论上说，可以出师单干了。实际情况也是如此，余展飞觉得技术已经超过父亲。

也就是这一年，余展飞"认识"了舒晓夏。农历十月二十五，信河街举办物资交流会，越剧团接到演出任务，将临时舞台搭在铁井栏，就在皮鞋店对面。那天下午演出的剧目是《盗仙草》，舒晓夏演白素贞。

余展飞不是第一次看越剧，也不是第一次看白素贞《盗仙草》，他以前看过的。也觉得好，咿咿呀呀的，热闹又悠闲，真实又虚幻。但那种好是模糊不清的，是不具体的。说得直白一点，就是舞台上的白素贞跟他没关系，没有产生任何联想和作用。但这一次不同，他被白素贞"击中"，迷住了。她一身白色打扮，头上戴着一个银色蛇形头箍。她的脸是粉红的，眼睛是黑的，眼线画得特别长，几乎连着鬓角。美得不真实，惊心动魄。余展飞突然自卑起来，粗俗了，寒酸了。他无端地忧伤起来，无端地觉得自己完蛋了，这辈子没希望了。当他看到白素贞和四个仙童挑枪时，整个心提了起来，挑枪结束后，他发现手心和脚心都是汗，浑身都是汗。这是他第一次发现自己的手心和脚心会出汗。当看到白素贞下腰，将地上的灵芝仙草衔在口中时，他哭了。差不多泣不成声了。他觉得魂魄被白素贞摄走了。

散场了。对余展飞来讲没有散,他依然和白素贞在一起,如痴如醉,亦真亦幻。他不知不觉来到戏台边,来到后台。他看见了白素贞,不对,是正在卸装的白素贞。有那么一瞬间,他有失真感觉,却又觉得无比真实。卸装之后,舞台上的白素贞不见了,他见到一个长相普通的姑娘,身体单薄,面色蜡黄,眼睛细小,鼻梁两边还有几颗明显的雀斑。

舞台上下的反差让余展飞措手不及,让他惊慌失措。但恰恰是这种反差拯救了他,唤醒身体里另一个自己,他感到震撼,感到力量,更主要的是,他看到了可能——既然她能演白素贞,我为什么不能演?他突然萌生出一个念头:我要去越剧团,我要唱《盗仙草》,我要演白素贞。

这个念头来得凶猛,令他猝不及防。用父亲的话说是,丢了魂了。

但余展飞知道,他的魂没丢。是被舞台上的白素贞"迷住了",也是被现实中的白素贞"唤醒了"。他回到店里,对父亲说:

"我要去学戏,我要唱越剧。"

莫名其妙了。突如其来了。父亲没有放在心上，小孩子嘛，心血来潮是正常的，异想天开也是正常的，怎么可能去学越剧呢？怎么可能不做皮鞋呢？说说而已。不过，父亲觉得不正常的是，这个下午，余展飞什么也没有做，鞋没有做，也没有修。他还是那句话：

"我要去学戏，我要唱越剧。"

父亲明白了，这孩子鬼迷心窍了。

问题的严重性在于，接下来，余展飞还是什么事也不做，见到他就说：

"我要去学戏，我要唱越剧。"

那就是疯了。走火入魔了。父亲不可能让他去学戏，不可能让他去唱越剧。父亲的人生只有皮鞋，当然，他还做了一件事，就是生下余展飞。对于父亲来讲，两件事也是一件事，可以这么说，他也是父亲的一双皮鞋，甚至可以这么说，他从出生那天起，便注定这一生要和皮鞋捆绑在一起，逃不掉的。这一点余展飞知道不知道？他当然知道。实事求是地讲，余展飞不排斥父亲，也不排斥皮鞋。恰恰相反，他喜欢父亲，因为他喜欢皮鞋，也喜欢修皮鞋和做皮鞋。他喜欢父亲，是因为父亲对待皮鞋的态度，父亲没有将皮鞋当作商品，商品是没有感情的，而父亲对待每一双皮鞋，无论是来修补还是来定做，都像对待儿子。也就是说，在父亲眼中，余展飞和那些修补和定做的皮鞋几乎没有区别。余展飞委屈了。确实有一点。但他内心却是骄傲的，他觉得这正是父亲与人不同的地方，他没有将皮鞋当作鞋来看，而是当作人来对待。这是余展飞喜欢的。余展飞也是将皮鞋当作人来对待的，他跟父亲不同之处在于，对他来讲，皮鞋是有性别的，是分男女的。这跟男鞋女鞋无关，而是跟皮料有关，跟使用的胶有关，跟使用的线有关，跟针脚的细密有关，最主要的是，跟皮鞋的气质有关。但是，无论是哪种性别的皮鞋，余展飞都是喜欢的，无论是他做的，还是别人拿来修补的，只要到他手里，他都会让它们发出独特的光芒，他会给它们全新生命。

3

那一个月里，余展飞只说一句话，其他什么事也不干。皮鞋权先是惊讶，再是愤怒，然后是恐惧，最后是无奈。他懂儿子，就像他了解皮鞋和各道制作工序一样，不能"来硬的"。他做出了让步，但也是有条件的，他答应让余展飞学越剧，但只是业余，主业还是做皮鞋。这就是"以退为进"了。

余展飞答应了。只要能学越剧，让他不吃饭不睡觉都行。

父亲找到一个长期在店里定做皮鞋的人，也是父亲的酒友，他是信河街越剧团的鼓手。余展飞后来才知道，在剧团里，鼓手地位很高，类似于轮船上的舵手，起掌握方向作用，起控制节奏作用。父亲将那个鼓手请到家里喝酒，喝得脸色由白转红，又由红转白。最后，鼓手捏着酒杯，问他想学什么？余展飞说他想学《盗仙草》，想当白素贞。鼓手一听就笑了，说：

"要学《盗仙草》，想当白素贞，在信河街只能找俞小茹老师。俞老师是第一代白素贞，她的学生舒晓夏是第二代白素贞。这事非找俞老师不可。"

余展飞是从这一刻开始，才知道那天演白素贞的演员叫舒晓夏，因为那天演出就是鼓手敲的鼓，他告诉余展飞：

"舒晓夏现在是越剧团的台柱子，俞老师已经退居二线，但要学戏，还得找俞老师，姜还是老的辣。再说，舒晓夏不收学生。"

一个礼拜后的一个下午，鼓手带他去越剧团见俞小茹老师。余展飞记得是直接去排练厅的，一大堆人，有化装的，更多是没化装的。穿什么的都有，穿短打扮的，腰间都用一条红腰带扎起来；穿戏服的，比划着动作，沉浸在各自的情境中。排练厅一片混乱，却又秩序井然。他第一眼就找到正在排练厅一角的舒晓夏，她穿着白素贞的戏服，脸上没有化装。她的装扮让余展飞有不真实的感觉，既是白素贞，又不完全是白素贞。他发现，自己特别迷恋这种感觉，似真似假，如梦如幻，虚中有实，实中有虚，脚踏实地，却又飞在半空。余展飞很羡慕这些演员，他们哪里是在排练？哪里是在演戏？他们就是生活在天宫中的一群神仙，饥食仙果，渴饮琼浆，生活在各自的想象中，悲欢离合，逍遥自在。这样的日子才是有意义的，不用考虑柴米油盐，更不用考虑生意来往，只需要考虑自己和角色的内心。他们就是神仙，是漫无边际的神仙。他多么希望成为其中一员。

俞小茹老师穿一件黑色旗袍，烫一个波浪头，在排练厅走来走去，有时停下来，对某个演员说几句，或者用手纠正某个动作，偶尔也示范一下。鼓手将俞小茹老师叫到一边，俞老师显然已经知道他，笑眯眯地问：

"你为什么要学《盗仙草》？"

"我要演白素贞。"

"你为什么要演白素贞？"

"我要《盗仙草》。"

"你为什么要《盗仙草》？"

"我要演白素贞。"

俞小茹老师一听就咧嘴笑了，确实是个外行哪。俞老师告诉他，《盗仙草》是《白蛇传》一个选段，以武戏为主。《游湖》《断桥》《合钵》也是《白蛇传》的选段，以文戏见长。俞小茹老师当年最拿手的是《断桥》，其次才是《盗仙草》，余展飞说：

"我只学《盗仙草》。"

紧接着，他又补充一句：

"其他戏都不学。"

俞老师没有觉得余展飞这种思维有什么问题，她觉得蛮正常，而且蛮正确。余展飞不是专业演员，他学戏只是好玩，也可能只是一种寄托。再说了，如果能把一段戏学好，学到精髓，很了不起了。俞老师问他：

"以前学过没？"

"没。"

"会一点吗？"

"我会下腰，就是白素贞用嘴去叼灵芝仙草的动作。"

这一个多月来，余展飞做了一件事，用脑子回忆那天看到的演出，模仿戏里白素贞的每一个动作，他比较满意的是下腰。

俞老师说："下一个看看。"

余展飞二话没说，扎个马步，一下就将腰"下"去了，而且是以口触地。他知道自己做得不错，下腰下得轻松，起腰起得利索，脸不改色，心不跳。站起来后，他拿眼睛看着俞老师。俞老师咦了一声：

"腰蛮软的。"

越剧团是不收业余学员的，再说，余展飞已经十五岁，这个年龄才学戏，显然迟了。余展飞见俞老师面有难色，他说：

"俞老师，我只想学戏，只想演白素贞。"

俞老师想了一下，说：

"我给你化个简妆看看。"

俞老师带着鼓手和余展飞进了化妆间，让余展飞在一面镜子前坐下。俞老师先在他脸上打一层底粉，然后在脸蛋上涂点胭脂红，最后是描眉眼。描完眉后，俞老师往后退两步，看了看余展飞的脸，又咦了一声。这时，站在边上的鼓手拍起了巴掌：

"好俊的一张脸。好一个白素贞。"

俞小茹老师最后收下余展飞，当然是看在鼓手的面子上。鼓手说了，俞老师这次"破例了"，以前她没有收过"这样的"徒弟。

余展飞后来才知道，俞老师当初答应收下他，一方面是出于鼓手的面子，另一方面也是可怜他，顺口允了而已。在她呢，其实并没有太放在心上。这些年来，她见过多少学戏的孩子最终还是选择离去。何况余展飞还有店要照看，家里还有一家皮鞋工厂刚开业。因为余展飞跟父亲有约定，皮鞋工厂开业后，父亲负责工厂，铁井栏皮鞋店由余展飞坐镇，他学戏时间只能在晚上。俞老师心想，这孩子也就是一时心热，正在兴头儿上呢，来几次，吃些苦头，自然知难而退。她也算做完人情了。

让她没想到的是，余展飞是真下了狠心学戏，什么苦都吃。学戏最难的是练基本功，单调、枯燥却费劲，譬如压腿、劈叉、踢腿、下腰、扳朝天蹬，哪一项不需要下死功？就拿最简单的压腿来说，一般人压个九十度试试？压不起来的，即使压起来，用不了五秒钟，保准抽筋，是那种不由自主的抽筋，身体就散了。再譬如劈叉，压腿也可以说是为劈叉做准备的，要将两条腿劈成一字形。对于一个十五岁的孩子来讲，要将腿劈下去，等于将他腿上已经生长出来的筋砍断，那得多疼？得下多大功夫？但余展飞一句疼没说，甚至没有发出任何声音。俞老师让他练拿大顶，让他拿三分钟，他一定拿十分钟。俞老师让他拿十五分钟，他一定拿半个钟头。他在店里练，做皮鞋时练，吃饭时练，睡觉也练。这就让俞老师刮目相看了：这孩子不是一时兴起，而是着了魔了。看得出来，他是真喜欢学戏。这个时候，俞老师的想法发生改变了，将余展飞"放在心上了"，对余展飞有了"新的希望"。当然，俞老师没有将这个想法告诉余展飞，不需要说，也不能说，这是她个人的事，是她和舒晓夏的事，跟余展飞无关。现在，跟余展飞有关了，但他还是不需要知道，俞老师不想让他知道。

练完一年基本功后，俞小茹老师才教他真正学戏。余展飞的嗓音又让俞老师咦了一声。余展飞平时说话属于偏柔和的男低音，很男性化的。他居然能变音，最主要的是，发出的声音不生硬，是很温和的女低音。太难得了。男生扮旦角，第一是扮相，第二是声音，他居然能唱出这么真实的女声。俞小茹老师心里想：是个旦角的料哇。

4

拜在俞小茹老师门下，余展飞最开心的事，是能见到舒晓夏，能向她学戏。

舒晓夏是他师姐，在内心里，余展飞却是将她当作师傅。没有拜入俞老师门下前，余展飞在家"瞎练"《盗仙草》中白素贞的动作，模仿对象就是舒晓夏。他脑子里既有舞台上的白素贞，也有卸装后的舒晓夏，两个形象既分离又合一。他记得白素贞的每一个动作、每一句唱词，甚至每一个眼神。如果要认第一个师傅，那就是白素贞，就是舒晓夏。

舒晓夏是在排练厅看到余展飞的，知道是俞老师新收的徒弟。她只用眼睛余光瞟了余展飞一眼，立即感觉到威胁：这人不简单。她感觉到余展飞身上有种"仙气"，也可以称为"妖气"，她能感受到他身上的"执拗"、"一根筋"和"不可理喻"。他是个"疯子"，是个什么事都干得出来的"疯子"。艺术需要的正是"一根筋"和"不可理喻"，特别需要"疯子"的精神和行为。她就是个"疯子"，为了演戏，她可以什么也不管，可以什么也不要，包括自尊，包括身体，包括生命。她只想成为站在舞台中央的那个人，只想成为戏中的那个角色。

舒晓夏对这种威胁不陌生。她曾经给过俞老师这种威胁。当她第一次正式登上舞台，正式成为白素贞后，她从俞老师眼神看得出来，她是多么哀伤，多么无奈，那是一种被对方逼到悬崖尽头的怨恨，是走投无路的绝望。这种感觉不是长驱直入的，而是混沌的，是弥漫的，是眼睁睁看着自己枯萎的悲凉。眼睁睁看着自己消亡，却无能为力。

她现在感受到来自余展飞的威胁,她觉得,这是俞老师刻意安排的,是专门针对她的。她当然不甘心。她不是俞小茹老师,她不会束手就擒的,为了舞台,为了舞台上的角色,她会拼命的。

必须主动出击,但不能盲目。一个月之后,排练结束后,她在越剧团门口"无意中"遇到余展飞,她主动打招呼,主动自我介绍,主动约余展飞:

"有空的话,咱们一起排练《盗仙草》。"

这是余展飞做梦都想的事,只是没胆子提出来:

"真的?"

"当然是真的。"她停了一下,接着说,"这事不能让俞老师知道。"

她知道,俞老师是不会让她接近余展飞的,他是俞老师用来对付她的秘密武器。而她从余展飞的眼神看出来,他是愿意接近她的。

那以后,舒晓夏经常去余展飞的鞋店,打烊之后,余展飞反锁了店门,两人一起排练《盗仙草》。

舒晓夏原来的打算,是想让余展飞放弃白素贞,那么多越剧剧本,他演什么不可以?扮演哪个角色不行?为什么偏偏要演白素贞?他可以演青蛇,可以演梁山伯,可以演祝英台,可以演贾宝玉,可以演崔莺莺,可以演杜十娘,也可以演穆桂英。想演什么,自己教什么,可是,余展飞说:

"不,我只学《盗仙草》,我只演白素贞。别的都不学,都不演。"

死心眼了。舒晓夏也是个死心眼,她清楚,跟死心眼的人是没有道理可说的,讲不通的。那么好吧,就学《盗仙草》吧,就演白素贞吧。"教鞭"在她手里,"方向盘"在她手中,她指哪个方向,余展飞只能跟到哪个方向。也就是说,余展飞始终在她掌控之中,余展飞是孙悟空,她是如来佛,逃不出她手掌心的。

一接触,舒晓夏就知道,遇到劲敌了,跟自己相比,余展飞或许算不上戏痴,他不会为了演戏,生命也可以不要,但他绝对是有魔性的,他心里住着一个白素贞,身体里也住着一个白素贞,一遇到白素贞,他就"魔怔"了,不能自拔了,意乱情迷,差不多是神志不清了。他怎么演都是白素贞,白素贞就是他。作为一个演员,舒晓夏明白，这有多么可怕，那等于说，这个演员进入一个特殊空间，这个空间里只有他，只有白素贞，他想怎么演就怎么演，他想演成什么样就是什么样，没人能够阻止得了。这样的演员，不是"疯了"是什么？一个"疯了"的演员，是什么都可以做得出来的，是无法估量和比较的。有时候，这样的演员就是个"神"，演什么角色都是"神灵附体"，都是"灵魂出窍"。这一点，舒晓夏是有体会的。

既然如此，教还是不教？当然教，而且要更认真教。她要做的事情其实也很简单，就是不让余展飞"疯了"，让他清醒，让他知道，他是在演戏，他不是白素贞，白素贞也不是他。

但是，舒晓夏发现，她做不到。只要一接触到《盗仙草》，只要一接触到白素贞，余展飞什么也不管了，余展飞不见了，只剩下白素贞，而这个白素贞也不是她通常理解和演绎的白素贞，而是一个陌生的白素贞，一个带着余展飞浓烈气息和情绪的白素贞。那还怎么教？

让舒晓夏意想不到的变化是，在与余展飞接触过程中，她的心理和身体发生了微妙改变。只有舒晓夏知道，于她来说，这个变化是翻天覆地的，是史无前例的。她居然对余展飞"动了心",居然有跟他身体发生关系的念头和欲望。在此之前,她只对戏里的人物有过这种感觉,对戏里的白素贞,包括对戏里的许仙,她可以以身相许,可以合二为一,她没想到对余展飞会有这种感觉。但她没有慌乱,出乎意料地淡定。她对余展飞最初的"敌意"来自他的威胁,当她接触余展飞之后,和他排练《盗仙草》之后,威胁升级了,变成了压迫。她发现,一旦成为白素贞,余展飞的白素贞比她更疯狂,比她更迷离,比她更决绝,也比她更柔情。这种感受很不好,是被压挤和束缚却没能力挣脱的感觉。这让她丧气。在演戏方面,她从来没有丧气过,也从来没有服过谁。她是最好的。她演的白素贞,是真正的白素贞,天下第一。可是,跟余展飞的白素贞一比较,她自卑了,无论是扮相、神态、动作、眼神、氛围还是唱腔,余展飞的白素贞似人似妖似仙,却又非人非妖非仙,那是真正的妖孽,光芒四射,摄人心魄。她达不到这个境界。

她对余展飞"动了心",还有一个只有她才能体会的原因,这种体会或许只有她这样的演员才有,她愿意与余展飞合二为一,因为他们都是白素贞,他们本来就是一体的。

有这个心思后,她才让余展飞来她宿舍排练。舒晓夏心思不在穿衣打扮上,不讲究,但干净。宿舍却是"垃圾场",眼睛看得见的地方,都跟越剧有关:脸谱、盔头、戏服、拂尘、刀、剑、枪、剧本等等等等。随意堆放,杂乱无章。有一面墙壁是镜子,镜子让宿舍显得双倍凌乱。不过,杂乱无章却产生出特殊氛围,即使是兵器,在这里也变得柔和,变得温暖,变得含情脉脉,变得情深意长,变得真实又梦幻。这里每一件东西都可能幻化成白素贞,至少与白素贞有关。

他们是在排练中亲吻起来的,就在那面镜子前,他们穿着戏服练下腰,练白素贞口衔灵芝仙草。他们背对背,在镜子前做成 M 形,两张嘴便"衔"在一起了。是舒晓夏主动的,余展飞有过短暂迟疑,很快就热烈起来。脱下戏服后,又急切地抱在一起,继续"排练"。

亲吻是什么?舒晓夏理解,亲吻是正式演出前的"头通",是热场子,是酝酿,是发酵,是含苞待放,是必不可少的过渡。可是,"头通"打了一个月,就是喧宾夺主了,正戏还唱不唱?舒晓夏有意见了,觉得余展飞在这方面的勇气和能力完全不像白素贞，更像懵懂迟钝的许仙。只能依靠自己了，因为她是白素贞，是完整的白素贞。

那天晚上，排练结束后，他们跟平常一样，戏服还没有脱就抱成一团。在亲吻过程中，舒晓夏增加了一个动作，主动探索余展飞身体。慢慢地，余展飞反应过来了，将手伸进她身体。戏服在不知不觉中被脱掉，身上所有衣服不见了，最后时刻来了，当舒晓夏要将身体交出去时，余展飞突然停住了：

"不能。"

舒晓夏心里一顿，问：

"为什么？你不喜欢我？"

余展飞回答说：

"不是，你知道我喜欢你，但我不能。"

"为什么不能？"

"我也不知道为什么不能。"

余展飞的回答让舒晓夏不满意，很不满意。但没再问下去，她觉得冷，嘴巴都僵住了。

5

　　俞小茹老师告诉余展飞,以他的天赋,如果一门心思将工夫花在学戏上,将来成就一定超过她,说不定能走出信河街,走上全国舞台,成为一代名角。但是,她没有要求余展飞这么做,她说余展飞的任务不仅仅是唱戏,他还有家族责任。最主要的是,她认为戏曲环境变恶劣了,看戏人减少,社会关注点转移到赚钱,能赚到钱才是英雄,才是当家花旦,才是台柱子,才是"名角"。她感到戏曲行业在走下坡路,而且是一条看不见尽头的下坡路。这种时候,她怎么可能让余展飞来做专业演员?她甚至觉得,余展飞根本不应该来学习,他应该跟父亲做生意,帮父亲把皮鞋厂办好,赚更多钱。但她也没有要求余展飞这么做。在这个问题上,她蛮自私的,她觉得遇上一个好苗子了。唱戏是她的事业,她这辈子只做这件事,当然希望这个行业能够兴旺,希望得到更多年轻人关注,更希望有潜质的年轻人投身这个行业,只有这样,这个行业才有希望,才有未来。

　　她用一年时间给余展飞"打基础",又花一年时间,将《盗仙草》教给他。是一句唱词一句唱词教，一个动作一个动作教。两年之内，俞老师一直"捂着"他，没让他"亮相"。其实也不是完全"捂着"，俞老师每周会带他去一次剧团排练，跟他配戏的演员都是俞老师特意叫来的。他演白素贞，不能总是一个人对着空气比划，要考虑和四个仙童配合，要有默契，特别是挑枪那一段，差一分一毫都是不行的。

他第一次在剧团正式登台，是两年后的汇报演出，听说信河街文化局局长也来"观摩"。俞老师安排他演《盗仙草》。他在排练厅和四个年轻演员对戏也很正式，都有化装和穿戏服。汇报演出不一样，虽是内部观摩，但所有观众都是内行，都带着挑毛病的眼光，还有领导坐镇。其实是考试，是大阅兵。

余展飞没有紧张，恰恰相反，他内心是迫不及待的兴奋。他不是剧团的人，没有考试压力。更主要的是，他知道自己演白素贞时，舒晓夏就在台下。他一直想让舒晓夏看看自己在舞台上演的白素贞，他想让舒晓夏知道，自己演的白素贞是从她那里来的，她演的白素贞，改变了他的人生，他原来的生活除了皮鞋之外还是皮鞋，他看到的和想到的都没有离开皮鞋。是她演的白素贞帮他打开一扇大门,让他看到,除了皮鞋,他的生活还有梦想,而且是一个只有他看得见摸得着的梦想。或者可以换一句话,她演的白素贞让他突然从现实生活中飞起来,让他看到原来没有看到的东西,那些东西是他以前没有想过的。

在他演出之前,是舒晓夏,她演的也是《盗仙草》。舒晓夏上台时,余展飞在候台。他站在舞台右侧,一直盯着舞台上的白素贞。这是完全不同的体验。他上一次是站在台下看台上的白素贞,那时的白素贞是遥远的,是虚幻的,是可望不可即的。这次不同了,他在舞台上,他能感觉到,自己就是白素贞,他和舞台上的白素贞是相通的。他能感受到白素贞每一个动作、每一句唱词,更能感受到白素贞内心的愧疚、悲伤和决绝。

确实是不同了。他离白素贞更近了,甚至就是白素贞。他也觉得离舒晓夏更近了,因为舒晓夏已经和白素贞合为一体。

轮到余展飞上台了,他依然停留在刚才的情绪里,他已经盗到仙草,飘飘荡荡回去救许仙。是锣鼓声提醒了他,让他重新回到舞台,哦,他又回到峨眉山,再盗一回仙草。余展飞不见了,舒晓夏不见了,舞台不见了,舞台下所有人,包括俞老师也不见了。他现在就是白素贞,白素贞现在只有一个目的——盗了仙草回去救许仙。白素贞更哀伤了,也更决绝了。白素贞一边担心许仙的生命安危,一边担心能否盗到仙草。但她内心是坚定的,是没有回旋余地的,必须盗回仙草,必须救活许仙。这事没得商量。

随着锣鼓声,白素贞使用了"莲步水上漂"。她确实是"漂"上去的,腾云驾雾,晃晃悠悠,却又风驰电掣。在舞台上转了小半圈,又回到右侧,她一抬头,开口唱道:"峨眉山。"她能感觉到,这声音是一支射向峨眉山的利箭,穿破云雾,不达目的绝不回头。

一上台,余展飞就忘记了音乐,他不需要音乐,他要的是仙草。音乐似乎又是存在的,变成一种提醒,让他不断向前、不断飞翔的提醒。

回到台下,余展飞依然沉浸在那种情绪和情节之中,白素贞口衔仙草,飞向家中的许仙。他似乎听到舞台下巨大的掌声,看到俞老师跑到后台,激动地抱住他,不停地跺脚。

6

那次"汇报演出"后,俞老师对他说,文化局同意招他进越剧团,局长特批一个名额。

进越剧团演戏,是他这两年来的梦想。可是,当真正要成为专业演员时,当他即将成为真正的白素贞时,他又犹豫了。这意味着,他将抛弃皮鞋店和皮鞋厂。在没有直接面对这个问题时,余展飞一直认为自己更愿意当一名演员,那是他的梦想。可是,当机会摆在面前,他却犹豫了,但他不好意思直接回绝俞老师,只好说:

"我没问题,我回去问问我爸。"

余展飞记得,听他这么说,俞老师突然很夸张地笑了两声。但是,俞小茹老师那么骄傲的人,后来还是托鼓手去做父亲的工作,鼓手和父亲喝了一顿酒,回去问了俞老师一句话:

"你说做生意和唱戏哪个有前途?"

俞小茹老师再没说什么。或许，她已经想通了，或者，是绝望了。她在那一年提前办理了退休手续，与人合伙成立一家演出公司。

也是那一年，余展飞进入父亲的皮鞋厂，父亲抓生产和管理，他负责采购和销售，父亲主内，他主外。他向父亲提出要求，在工厂顶楼要了一个房间，装修成排练厅。下班后，他会去排练厅待一两个小时，有时更长。

也就是那一年，余展飞和舒晓夏开始每周一次排练，他们只排《盗仙草》。

他们两人演的白素贞是同一个白素贞，却又是不同的白素贞。舒晓夏的白素贞显得坚毅，甚至刚毅，眼神、动作和唱腔都显示出坚硬的力量，这种力量是掷地有声的。余展飞的白素贞是柔软的，甚至是哀怨和哀伤的。他的白素贞显示出另一种力量，是冰下流水的力量，看不见，但能够感受，那种感受让人忧伤，忧伤是一种无法言说的力量，特别"摧残"人。说不清两个白素贞谁更出彩，坚毅和柔软都能打动人。

皮鞋厂的发展是飞跃式的，从刚开始的三十个工人，增加到三百个，然后又增加到三千个。余展飞的职务也在发生变化，从科长升到副厂长。皮鞋权不管生产和管理了，只抓技术。

舒晓夏凭《盗仙草》参加省文化厅戏曲比赛，她挑枪的动作设计打动了所有评委，拿到一等奖。这是信河街越剧团几十年来第一次拿大奖，半年之后，舒晓夏被提拔为副团长，成了"有级别"的人。

两个人都到了谈婚论嫁的年龄。这几乎是顺理成章的事，一个搞经济，一个搞艺术，还有比这更般配的结合吗？不可能了嘛。

余展飞也是这么想的，他觉得这是理所当然的。他知道舒晓夏喜欢自己，而且，他也知道，舒晓夏没有别的人选。以前没提出来，是因为他没想过结婚的事，他想舒晓夏也是。结婚看起来是人生大事，但在决定婚姻上，往往是一刹那，甚至是草率的。

余展飞想结婚，是因为父亲想他结婚，父亲对他说："我老了，这个摊子要交给你，希望你早点成家。"

余展飞没有当面答应父亲，但也没有反对。那就是可以商量的意思了。他找谁商量？当然是舒晓夏。

周一晚上,他们在皮鞋厂顶楼结束排练。初秋的晚上,天气还没有凉下来,即使开着空调,两个小时排练下来,也内衣湿透。他们脱了戏服,坐在镜前卸妆,余展飞突然对舒晓夏说:

"嫁给我吧。"

舒晓夏手里拿着卸妆湿巾,转头看着余展飞,一脸惊讶:

"为什么?"

她这么问,轮到余展飞惊讶了:

"你不爱我吗?"

舒晓夏停顿了一下,点头说:

"我爱你。"

余展飞松一口气:

"那就对了,你爱我,我也爱你,我们结婚。"

舒晓夏这时眼睛一动不动地看着他,然后,缓缓地摇摇头:

"不,你不爱我。你爱的不是我。"

余展飞从镜子前跳了起来:

"怎么可能?我还不知道自己爱的是谁?"

舒晓夏很镇定，面无表情地说：

"你爱的是白素贞，是舞台上的白素贞，而不是现实中的我。"

余展飞俯视着舒晓夏的眼睛，很肯定地说：

"我当然爱舞台上的白素贞，同时也爱现实中的你。"

"骗人。"舒晓夏仰视着他，"如果你爱现实中的我，为什么不能和我上床？如果你爱现实中的我，为什么要和我争演白素贞？你爱的是白素贞，一直是白素贞。白素贞就是横亘在我们之间的峨眉山，无法逾越的峨眉山。"

余展飞突然打了个哆嗦，一股冷气从头顶倾泻下来，立即覆盖全身。他想否认，可是，一屁股跌坐在椅子上，什么话也说不出来。

7

皮鞋权退居二线了。他这么做，当然是对余展飞放心，除了唱戏，他对余展飞确实放心。他是满意的。一切按照他的设计推进，唱戏只是小插曲，开次小差而已，他最后不是选择回皮鞋厂了吗?谁还没有个开小差的时候呢?同时,他又对余展飞不放心,除了皮鞋厂,只剩下唱戏,连婚姻都耽误了,这让他焦急,也让他伤心。但他能下命令让余展飞娶妻生子吗?这不是工厂赶订单,他没办法亲自"上马",只能商量,只能提议,只能干着急。他提议多次,余展飞表面上答应"好的好的",却没有实际行动。他知道余展飞和越剧团的舒晓夏关系密切,也委婉地对余展飞说过:

"我看小舒这人还行。"

余展飞点头说:

"是的是的。"

表明态度了,方向也指明了,余展飞还是按兵不动。他按捺不住了:

"你和越剧团的舒晓夏到底在搞什么鬼?这样不明不白拖着算什么?"

余展飞装傻:

"我们关系很好啊,她是我师姐啊。"

心力交瘁了。皮鞋权决定将皮鞋厂交给余展飞,不管了,没个尽头。迟早要跨出这一步的。

父亲退休后,余展飞觉得最大好处是可以无拘无束排练。但余展飞是不会"乱来"的,所有排戏都在工作之余。他觉得很好,每天充满期待,精神和身体都是饱满的。一想到晚上可以和舒晓夏排练,他就觉得这一天是美好的。

舒晓夏当上越剧团团长后,余展飞想出资装修越剧团排练场所,舒晓夏不肯。她知道余展飞有钱,也是真心实意,但她不愿。她打报告给文化局,局里拨专款让她装修。

装修之后,多了一个小排练厅,余展飞和舒晓夏有时将排练移到小排练厅。

余展飞"主政"皮鞋厂后,做了几个"大动作":第一是改厂名,将原来的"皮鞋佬",改成"灵芝草";第二是将工厂改成集团公司,工厂名字带有计划经济痕迹,而公司是市场经济产物;第三是花十年时间,在全国各地开出五千家专卖店,他让"灵芝草"开遍各地;第四是"灵芝草集团公司"上市,敲锣当天,他个人市值三十三亿。

在"上交所"敲锣当天,余展飞特别邀请俞小茹老师、鼓手和舒晓夏作为嘉宾。他亲自上门送请帖，鼓手看到请帖里注明"正装出席"，一脸诚恳地问：

"中山装算不算正装？我只有一套中山装。"

余展飞一听就笑了：

"你穿法海的袈裟也是正装。"

俞老师现在老年大学教越剧。余展飞约好去她家送请帖，她问余展飞都邀请了谁？余展飞说邀请了越剧团的鼓手和舒晓夏。俞老师沉默一会儿，说老年大学教学蛮忙的，每天都有课呢。余展飞说舒晓夏有演出任务，去不了。她听了之后，改口说：

"我去请假试试，学校领导蛮尊重我的。"

舒晓夏确实因为演出没有参加，但余展飞认为，即使没有演出，她也不会去。这些年，除了演出，除了越剧团的事，舒晓夏很少抛头露面。她也很少提俞老师，余展飞倒是提过几次，她没有任何回应。余展飞后来就不提了。

舒晓夏没结婚。余展飞没问她原因。他动过再次向舒晓夏求婚的念头，但没提出来。

余展飞没再提，还有一个原因，他确实很享受和舒晓夏排练《盗仙草》，不但精神满足，身体也得到满足。他每天会去公司排练室坐坐。这个排练室是在原来基础上改建的，规模、设备和越剧团的小排练厅差不多，他有时会独自唱一段，或者练一阵枪花。有时只是坐坐，什么也没做。也就够了。

父亲走得突然，也不算太突然。父亲身体一直很好，就像他做的皮鞋，经久耐用。可能是平时多坐的缘故，他有高血压，也不是很高，低压一百，高压一百四十，按时吃"络活喜"，血压就"标准"了。他的死跟高血压没关系。余展飞觉得父亲是"闲死"的，他做一辈子皮鞋，突然不做了，空了。他原来喜欢喝点酒，喜欢喝信河街五十六度老酒汗。他喜欢老酒汗直扑脑门的冲劲，喜欢酒后不断升腾的幻觉。退休之后，喝酒的念头也没有了，他大概觉得"任务"完成了，再活下去没意思了，也没意义了。

父亲走时，虚岁才七十，很叫人惋惜。事发突然，更叫人痛惜。

按照信河街风俗，父亲葬礼之后，有场宴请酒席，余展飞想请越剧团来演一段《盗仙草》。他想用这种方式，送父亲最后一程。余展飞觉得舒晓夏可能不会同意，越剧团是艺术团体，怎么会在葬礼宴席上唱戏？太低贱了。出人意料的是，舒晓夏居然一口答应。宴请那天，她带来越剧团全班人马。

《盗仙草》安排在宴请尾声，也是酒至酣处，差不多人仰马翻时。这个时候，临时搭建的舞台上，锣鼓声响起来了。很多人知道余展飞喜欢唱戏，喜欢演白素贞，但从来没见过，大家起哄，让余展飞来演。一个人带头后，几乎所有人跟着喊余展飞的名字，一边喊，一边用手掌或者拳头拍打桌面。场面"不可收拾"了。余展飞去"后台"找舒晓夏，舒晓夏化好装，戏服也穿好了，她看着余展飞：

"你演不演？"

其实，听到锣鼓声后，余展飞身上肌肉已经抑制不住地兴奋，他感觉肌肉在跳动，在喊叫，在翻腾，发出吱吱声。舒晓夏这么一问，他的身体似乎已飞翔在半空，哪有不演之理？

他坐下来，舒晓夏给他化装。锣鼓声中，他看着镜子里的自己变幻成白素贞。镜子里还有一个白素贞，那是舒晓夏扮演的白素贞，两个白素贞时而分开，时而重合。他听见演出开始了，两个守护仙草的仙童上场，几句念白之后，手持拂尘做着练武动作。他还听见喊叫他名字和拍打桌面的声音。又是一阵锣鼓过后，两个守护仙草的仙童退场，轮到白素贞上场了。他看了眼扮成白素贞的舒晓夏，她表情穆然，并不看自己。锣鼓声催得更急，他不由自主、恍恍惚惚地被舞台吸引过去。他一身白色打扮，手执拂尘，上身纹丝不动，脚板挪移，飘上了舞台。舞台下立即安静下来，叫喊声和拍打桌面的声音戛然而止：哪里还有余展飞的影子？分明就是千年蛇妖白素贞嘛。分明是舍身救夫的白娘娘嘛。太妖怪了。

余展飞一踏上舞台，舞台便成了峨眉山，云雾缭绕，群山巍峨。他现在是她，是白素贞，是上峨眉山盗仙草救夫的白素贞。眼里只有千难万阻，眼里只有刀山火海，眼里只有灵芝仙草，眼里只有悲伤的希望。

她先是用拂尘与两个仙童对打。两个仙童不敌，向后山退去。

第二场，手持双剑与两个手持双剑的仙童对打，仙童败。

第三场是手持双枪与四个手持双枪的仙童对打。她突然感到双腿发软,双手发酸,沉重得抬不起来。客观原因是:为了父亲的葬礼,连续三天,余展飞每天只睡四小时。主观原因是:白素贞身心俱疲,她长途奔波,又挂念家中许仙性命,筋疲力尽了,她明知打不过四个仙童,却不甘心就此罢休。她知道,困难还在后头,还没到挑枪环节呢,她第一次怀疑自己能否顺利完成那套动作。此时,四个仙童将双枪从她头顶压下来,她使双枪往上一顶,感觉八杆花枪像八座山从头顶轰然而下,胸中有一口滚烫热流奔涌而上,被她硬生生咽下去后,这股热流更加凶猛往上涌,她眼前一黑,几乎一屁股坐下去。就在此刻,意外发生了,舞台上突然多出一个白素贞,手持双枪,飞奔过来,和她并肩而立。

四个仙童这时围成一圈,轮番朝她们投枪。两个白素贞背对着背,将枪尽数反挑回去。舞台上彩虹飞舞,霞光闪烁,舞台下的观众伸长了脖子,仿佛忘记自己存在。当四个仙童第四轮将双枪投向两个白素贞时,她们做出一个令所有人意外的动作——将枪悉数"没收"了。

四个仙童见丢了兵器，慌了手脚，一哄而下。

舞台上只剩两个白素贞。她们舞出的枪花将身体团团包围住，成了两个既统一又独立的球体，发射出一道道让人睁不开眼睛的金光，既真实又虚幻。

2020年

图谱

1

柯一璀十二年没回信河街了。不是他不回，不存在"回"的问题，他的记忆里没有信河街。对于信河街，他只有想象，而他的想象大多来自父亲。父亲"没了"，他的想象无所依托，只剩一丝若有若无的气味。气味这东西古怪得很，无法捉摸，却根深蒂固。

父亲在世时，也很少回信河街。但父亲有他的方式，春节到清明节这段时间，他脸上有一种特殊的"忧伤"，表情似笑非笑、似哭非哭，神秘得很，陶醉得很，也怪异得很。

通飞机后，父亲经常念叨着要回去，却迟迟没有行动。这不是他的性格。他平时做事都是"手起刀落"，从不犹豫。

柯一璀是在考上博士那年寒假，被父亲带回到信河街的。

那时，信河街已经是一个名气很大的城市了。充满了暴发意味，也充满了神秘气息。信河街成名是因为经济上的成功，几乎每家每户做生意，前门是店铺，后门是工厂。每个家庭都是万元户。据说信河街人走路是脚不沾地的，就差长出一对翅膀。据说信河街人什么生意都敢做，连天上飞机航线都敢承包。这帮人太无法无天了。还有一个传说：信河街人基因特殊，头发是空心的。

柯一璀对自己"刮目相看"了，他身体里流淌着信河街的血液。为了证明这一点，他拔下头发，请生物系的老师"化验"。结果令他失望，他的头发是实心的。他确信自己变质了，不能像信河街人那样做生意赚大钱，只能在大学里当教书匠。

柯一璀终于看见父亲和叔叔柯子阁站在一起了。他们巨大的差别，让柯一璀吃惊。父亲身高一米九十，叔叔最多一米六十。父亲是军人，身上有一种特殊气质。这气质说起来挺玄，其实就是一个字：正。立正的正，端正的正。没错，父亲十八岁离开信河街去当兵，一当便是一辈子，退休后依然住在部队大院里，身上穿的是摘了徽章的军装。他的脸是一面国旗，身体也是一面国旗，连讲话也让人联想到迎风招展的国旗。叔叔是倒三角脸，他的脸是歪着的，他的身体也是歪着的，他身上有一股邪气，一股幽暗之气。可是，他身上又透出一种正气，一种不屈不挠的正气。

叔叔的态度让柯一璀意外。按照常理，见到京城回来的哥哥，做弟弟的应该很热情，至少是客客气气的。这是起码的礼数嘛。叔叔没有。他见到柯一璀的父亲时，特意将身体挺一挺，将头昂起来，脸上的表情是傲慢的，不可一世的。而眼神是审视的，甚至是蔑视的。这太不正常了。

更不正常的是，父亲见到他后，态度变得谦恭起来，好像他这个哥哥反倒成了弟弟，而且，是欠了哥哥一大笔债的弟弟。

第一眼看见这个素未谋面的叔叔，柯一璀就觉得他是个有故事的人。他的眼神是倔强的,又是柔和的。他总是一副随时和人打架的神情,一副绝不服输的表情,可他的姿态分明在告诉别人,他根本不想跟人打架,他不屑,要打只跟自己打。柯一璀还发现,他看人时,总是抿着嘴唇,不轻易点头,也不轻易摇头。

回到信河街那晚,父亲请叔叔一家人吃饭。

柯一璀的印象中,他们住的华侨饭店是当时信河街最高档的酒店。晚宴也设在华侨饭店。柯一璀记得,那天晚上叔叔一家人都到齐了。柯一璀第一次见到了婶婶,第一次知道自己有一个堂弟叫柯一肖,有一个堂妹叫柯可绿。柯一肖高中毕业后,没考上大学,跟着他父亲学手艺。他的样子比他父亲还骄傲,见了柯一璀的父亲,只用眼睛瞟了一下,脸上挂着一丝笑容,那笑容是嘲笑,是不置可否,更是置身事外。他不仅对柯一璀的父亲如此,对所有人都是如此,包括他父亲。柯可绿主动坐到柯一璀身边,介绍自己的"情况":她正在读高二,成绩差得"没脸见人",如果柯一璀愿意收学徒的话,她可以跟到北京读书。

叔叔那晚喝的是父亲从北京带回的牛栏山二锅头。

他喝了一口后，对父亲点点头说："这酒不错。"柯一璀发现，叔叔的酒量也"不错"，一瓶牛栏山，大部分是叔叔喝。叔叔的话明显多起来，他原来一直讲信河街方言，柯一璀听得半懂不懂。这时换成普通话了，柯一璀还是半懂不懂。柯一肖早就离席了，说自己有事要办，用柯可绿的话讲，"去跟国家领导人会谈了"。柯可绿没走。她对"博士"很感兴趣，问博士是什么级别？一个月拿多少工资？可以住多大的房子？有没有司机和秘书？是不是经常见到国家领导人？等等。柯一璀如实回答，她开始不相信，后来确信柯一璀讲的是实情，"哦"了一声，脸上的表情相当失望。

第二瓶牛栏山又喝了一半，叔叔不讲普通话了，他开始唱京剧，一开口就是："包龙图打坐在开封府……"，唱完了"包龙图"，叔叔再接再厉，唱了《四郎探母》，再接着是《穆桂英挂帅》，然后是《贵妃醉酒》，之后是《空城计》。好像他肚子里的京剧名段不停翻滚，喷涌着往外冒，捂都捂不住。柯一璀担心他会一直这么唱下去，那就成负担了。还好，唱完《空城计》后，叔叔换"频道"了，开始发表"演讲"，对着酒桌上的人，对着酒桌上的酒菜碗碟，对着酒杯，对着筷子。也有可能，他只是对着自己发表"演讲"。可惜的是，这一次，柯一璀一句也没听懂。他问柯可绿，柯可绿摇摇头，她也听不懂，连她妈也听不懂。柯可绿说，他们早就习惯了，父亲一喝就多，一多就要发表"演讲"，非要拉着她妈当听众。第二天酒醒，如果问他昨晚的事，他会瞪大眼睛反问你："我唱京剧了？我演讲了？我怎么不知道？不可能嘛。"柯可绿说，这只是他喝醉的一种表现形式，属于"文醉"。他还有"武醉"，喜欢找人打架，不知进了多少趟派出所："我们全家人的脸面都让他丢光了。他倒好，什么也不管，第二天酒醒了，坚决否认打人，更否认进过派出所。"

2

一周之前，柯一璀接到一个电话，让他"回"信河街取一件东西。电话里，那个人告诉柯一璀："我是柯子阁。"

意外了。在柯一璀印象中，叔叔从没给父亲打过电话。叔叔有一次受邀到北京参加电视台的栏目录制，他在北京住了七天。那家电视台就在柯一璀家马路斜对面，叔叔没有登门，他连电话也没有打，完全无视北京有一个同胞哥哥。很伤人的。父亲是在电视播出后才知道的，他将那个关于盔头制作的专题片看完，什么话也没有讲。此后三天，父亲都没有开口。

就是在那之后，父亲的身体陡然衰败，不到半年就离世了。

父亲去世时，柯一璀将消息通知叔叔。叔叔没有来。这让柯一璀奇怪，他们何以薄情至此？这也让他产生疑问，父亲是否做了什么对不起柯家的事？

他一直在等待去信河街的机会。作为一个大学教授，一个研究全域旅游规划的专家，他接到过全国许多城市的邀请，却没有等到信河街的邀请。对他来讲，信河街是不同的，这是父亲的故乡，也是他的"根"。

柯一璀年过四十才意识到，自己原来是有"根"的。意识到这一点，首先不是在认识上，而是在味觉上，是"胃"先接受了"故乡"。他以前不能理解，父亲为什么喜欢吃信河街的"鱼生"。那是一种由小带鱼、萝卜丝和酒糟腌制而成的小吃，有一股刺鼻的腥臭。母亲掩鼻，柯一璀逃避，却是父亲的天下第一美味。过了四十岁，毫无征兆，毫无理由，柯一璀突然接受了"鱼生"，接受了那种腥臭。已经不是"臭"了，而是"鲜美"，是香，是亲切，是温暖。柯一璀当时就想，完蛋了，自己活成父亲的样子了。

另一个变化是对"家族史"的认识，就在他接受"鱼生"之后，对"家族史"的认识发生了意想不到的逆转。对柯一璀来讲，这次逆转是革命性的，是翻天覆地的。他以前一直认为，对世界和自身的认识是从知识开始的，是精神的产物。不是的，他在不惑之年改变了这个看法。他觉得对世界和自身的认识是从味蕾开始的，也可以说，是从"胃"开始的。"胃"才是一个人最根本的决定因素，你想成为一个什么样的人，或者说，你可能成为什么样的人，决定因素不是知识结构，不是方法论，不是世界观，而是早就长在你身体里的"胃"。它不仅仅是个胃，而是一个人从哪里来又可能到哪里去的方向盘，是一个人以何种方式行走以何种思维处世的隐秘基因，是一个人站在哪个角度观察世界的支点。柯一璀终于发现，自己的"胃"是信河街的，是能够接受"鱼生"的胃。他对"家族史"产生了浓烈的好奇,甚至是自豪。这可能是自己有别于世界上其他人的独特基因,独属于他柯一璀。这是多么宝贵。

柯一璀没有想到,让他"回"信河街的邀请会是叔叔"发来的"。当然,叔叔肯定是信河街他最想见的人。柯一璀也喜欢喝酒,但他对叔叔最感兴趣的不是酒,而是他怪异的演讲。他的演讲可能才是他的本质,才是他的秘密,才是他身上最神秘的部分。是的,柯一璀意识到了,父亲身上也有那种神秘的东西,但被父亲克制住了。印象中,父亲只"表现"过一次:他还在读小学的时候,清明节中午,父亲一个人在家里喝醉了。他一进家门,父亲不由分说,将他按在地上痛揍了一顿,揍得他鼻青脸肿。第二天,母亲质问父亲揍他的理由,父亲无辜地问:"我有吗?我真的有吗?"柯一璀认为,父亲酒后揍他,和叔叔酒后发表演讲应该有特殊的联系,两者之间有一条隐秘的通道。这条通道是他们家族的秘密,也是他们家族和这个世界的非正常关系。

父亲死后,葬在了北京,他不回信河街了。死也不回了。是他自己提出来的。柯一璀想不通的地方也在此,以父亲对故乡的感情,应该回的。

柯一璀决定在那个周末"回"信河街,他买了周五晚上的机票和周日晚上的回程票。他在信河街有两天时间。

柯一璀通过"携程",预订了华侨饭店的房间。华侨饭店已经升级为五星。他没有告诉叔叔周五晚上就到信河街,电话里约好周六上午去他家。他不想贸然上门。叔叔这个电话打得蹊跷。

登记入住后,柯一璀去街上吃了一碗鱼丸面。他上次吃过,没觉得好,这次也没有觉得好,但他感受很"特别"。这种特别首先体现在形状上,柯一璀见过的鱼丸大多是圆形的,"不规则的、棱形的"鱼丸他是第一次见到;其次是在颜色上,半透明,如晶莹的琥珀;最特别的是吃,刚出锅的鱼丸,似乎在跳动,咬一口,也不知是牙齿在咬鱼丸还是鱼丸在咬牙齿。他感到惊奇。感觉鱼丸"活"过来了,在他身体里游弋。

吃完鱼丸面后,柯一璀沿着华侨饭店门前的马路往北走,大约一公里,到了瓯江边。瓯江再向东流,便是东海入海口了。

柯一璀突然想起来，沿着瓯江往上游走，有一座积谷山，积谷山过去就是桃源，柯家的祖坟就在那里。

第二天上午，他拎着两瓶牛栏山二锅头去百里坊祖屋看望叔叔。

叔叔的相貌没变。十二年前他是六十出头，十二年后，他的样子还是六十出头。妖怪得很。时间在他的相貌上失去了流痕。唯一的变化是，他以前的嘴唇是抿在一起的，把嘴抿小了，一嘴的皱纹。现在他将上下两片嘴唇吸进嘴里，用牙齿咬住，看不见嘴唇了，显得更加严肃。与叔叔相貌形成反差的，是周围的环境，老屋还在原来的位置，但四周杂乱无章地建起许多水泥房子。别人建，叔叔家也建，他将原来的两层楼房推倒，建成了六层楼。上次来时，他家有一个院子，院子里摆满了叔叔种的花草，有月季、水仙、牡丹、朝天椒、仙人掌等等。整个院子显得蓬勃茂盛，神采奕奕，井井有条又生机盎然。院子里还有一个小鱼池，里面养着大大小小的金鱼。每一条金鱼都是叔叔买回来的，他不允许家里人给金鱼喂食，金鱼贪吃，食量却小，吃得过多，就会撑死。当年的花草鱼池不见了，成了一幢幢楼房，柯一璀觉得可惜。可他知道,他的可惜是一厢情愿的,是不现实的,是一种理想状态。生活却不是。

家里只有叔叔一个人。叔叔说,柯一肖建了别墅,生了一个女儿,又生了一个儿子,叫他们住到别墅去。叔叔停了一下,突然拔高了声调:"他说得好听,叫我们去'享福',分明是去给他带孩子,还得煮饭烧菜给他们吃。老子才不会上这样的当。"

柯一璀问:"婶婶呢?"

叔叔说:"她去别墅'享福'了,叫她不要去,她不听。"

这是他们的家务事,柯一璀不敢乱插嘴,也不敢表态。家务事没有对错,外人怎么表态都是错的。这个道理柯一璀懂。

3

柯一璀临时决定请叔叔吃中饭。叔叔叫他回来"取一件东西",叔叔没说什么东西。他现在来了,叔叔只字不提。他不能问,问了反倒显得沉不住气。

叔叔接受了柯一璀的邀请,带他去一个叫东海渔村的海鲜店。叔叔点了五个菜:清蒸水潺、红烧鲍鱼、鱼生、龟脚和本地芹炒黄豆芽。柯一璀让他再点两个,他说"够了"。五个菜中,柯一璀以前吃过芹菜炒豆芽,但这里的味道不同,芹菜很细,有苦味,回味却香,特别悠长。味道留在嘴里盘旋、跌宕,久久不肯散去。柯一璀没有吃过这样的芹菜。

叔叔没有带柯一璀送他的二锅头,而是从口袋里摸出一瓶信河街老酒汗。酒瓶一旦打开,柯一璀就发现叔叔"独自上路"了。他掌握了方向盘,快或者慢,停或者走,何时走何时停,进入他的"议程"。纵使身旁有千军万马,他见到的,只是孤身一人。他的另一个口袋里,还藏着一瓶老酒汗。当第二瓶喝到一半时,他开始"演讲"了。

柯一璀特意观察他的喝酒姿势,果然有特点。他的特点是"轻",轻轻地倒酒,轻轻地端杯,轻轻地倒进嘴里,轻轻地放下酒杯。整个过程,几乎是无声的,几乎是小心翼翼的。他看酒的眼神是淡然的,不是热情似火,也没有如饥似渴,就像看镜子里的自己。但绝对不是漠视,不是可有可无,而是饱含深情的淡然,是达成和解的淡然,是你中有我我中有你的淡然。

两瓶老酒汗喝光了，五个菜也吃光了，叔叔"演讲"了整整两个钟头。酒店的厨师早下班了，只留一个服务员等他们。柯一璀结了账，叫了一辆车，送他回百里坊。

到家后，他带柯一璀上了楼顶。楼顶是个大阳台，柯一璀又一次意想不到了，大阳台上种满各种各样的花草，有月季、水仙、牡丹、朝天椒、仙人掌等等，还有各种造型别致的盆栽。大阳台上还有一个水泥砌起来的池塘，里面有各种水草，各种大小不一的金鱼在水草中穿梭游动。

这场景让柯一璀恍惚。

婶婶回来了。柯一璀想想也是，她怎么放心让叔叔一个人住在老屋里呢？他那么喜欢喝酒，万一有个意外呢？可儿子要她去，她不能不去。她只能两头跑，只能被叔叔骂。柯一璀能够想象婶婶的为难。怎么可能不为难？别的不说，单说叔叔喝酒这一项，单说叔叔喝醉整夜发表演讲这一项，哪个女人接受得了？绝对没有。叔叔喝酒不是一天两天，他是每天都喝，每天都醉，用柯可绿的说法是"都喝一辈子了"。

柯一璀的出现让婶婶意外。当然，十二年才回来一次，不意外是不正常的。这一点，柯一璀从她的眼神可以看出来。柯一璀也看出，婶婶是欣喜的，她看见柯一璀是高兴的，这种高兴是发自心底的，是由衷的，骗不了人的。但是，她的眼神又是警惕的。柯一璀不知道她警惕什么。

婶婶让柯一璀留下来吃晚饭，柯一璀不想留。他只想跟叔叔聊一聊，可是，看他的样子，完全没有跟他聊的意思，那么，柯一璀留下来就失去意义了。他对婶婶说，他回酒店还有事，明天再来看叔叔。

回酒店的路上，柯一璀心里想，明天直奔主题，直接问问题了，不管他回答不回答。他想，自己总是犯知识分子的毛病，想得太多，顾虑太多，死要面子，总是等待时机。其实，对待叔叔这样的人，最直接的方法可能是最有效的，当然，可能也是最无效的，因为他不吃这一套。可是，谁知道呢？

4

柯一璀是被一阵手机铃声叫醒的。从百里坊出来后，他回了酒店，中午的半斤老酒开始作用了。这是正常的，谁喝了半斤六十三度的白酒会毫无感觉？神仙都做不到。身体要跟酒精作斗争的。柯一璀能感觉到体内的"你来我往"。太耗体力了。这让他觉得疲软，头有点大，眼皮有点重。回到房间后，他脱了外衣，脑袋一碰到枕头就睡过去了。

手机响了好几次，不屈不挠的。是个陌生号码，显示来自信河街。柯一璀接了，对方自报家门："哥，大教授，我是柯一肖。"

柯一璀醒过来了。这个声音很陌生，上次回来，柯一肖基本没开口讲话。但也不算陌生，柯一肖的声音和他父亲相似，还是亲切的。这大概就是血缘，古怪得很，也顽固得很，没办法改变的。

柯一肖好像变成一台讲话机器了。手机接通后，根本不让柯一璀有开口的机会，一直是他一个人在"发射"。他说听母亲说了，问柯一璀回来为什么不联系他？他说自己现在"混得还可以"，办了一家旅游文化用品制造公司，"大小算个企业家了"。他特别强调，他的厂房占地面积两百亩，家里的别墅占地五亩。他笑着说，柯一璀从北京回来,他作为堂弟,请堂哥吃一顿饭的钱还是有的。而柯一璀一声不吭地回来,让他"很没面子",让他"很受伤",很"内疚",也让他"深刻地反思",他这个堂弟做得不好,很不到位。柯一璀发现他有一句口头禅,讲两句,就问柯一璀:"你懂我的意思吧?"问完后,也没有等待柯一璀回答的意思,类似于语气助词。

柯一璀听出来了,柯一肖的"表现形式"跟他父亲不同,他父亲是自言自语,有意或者无意不让人懂。而柯一肖每一句都是大白话,都在表明他的意图。但他不直接讲,迂回,反转,瞒天过海,欲擒故纵。他故意将简单的事复杂化。

柯一肖的话没有停下来,话锋一转,对柯一璀说,他为什么要创办旅游文化用品制造公司?因为他觉得自己有责任将京剧盔头制作的手艺传承下去,这是他作为柯家后人的责任,不能让这门手艺断送在他手里。京剧盔头制作是传统文化,是瑰宝。这瑰宝属于柯家,属于社会,更属于未来。他要让更多人知道柯家的京剧盔头,他要让柯家的京剧盔头走进千家万户。

说到后来,他激动了,每讲一句,都会问:"哥,大教授，你懂我的意思吧？"

柯一璀大致能听懂他的意思，可也不敢说听懂。他对这个堂弟了解太少了。

柯一肖在手机那头说："哥，大教授，你一定要来我公司看一看。"

柯一璀看了下时间，已经下午四点半了。柯一肖接着说："我的司机已在酒店门口等了，很近的。"

柯一肖"先斩后奏"了。

话说回来，对于柯一璀来讲，去柯一肖的公司看看也是乐意的，他对这个堂弟很好奇。

一个陌生手机号码进来了，柯一璀接了，是柯一肖的司机，他说自己已在大门口，黑色的奔驰，车牌号是五个8。

确实不远。五点不到，柯一璀远远看见，一幢大楼的楼顶有一个"柯氏传统文化用品制作公司"的招牌。到了招牌下面，柯一肖正站在大门口等候。柯一肖已经从一个瘦子晋级为胖子，但他的五官、脸型和神态都是他父亲的样子。

车在柯一肖面前稳稳停住，车门打开，他张开双臂，跟柯一璀热烈拥抱。亲热得根本不像十二年没见面也没有任何联系。他的热情感染了柯一璀,可也让柯一璀不踏实。柯一璀觉得他热情有点过头,似乎是在"燃烧"。拥抱之后,柯一肖对他说:"哥,大教授,先参观我的公司,然后咱们一起吃饭,好好喝一杯。"

柯一肖没有带他去车间,他说:"哥,大教授,我带你去参观我的博物馆。"

柯一璀怀疑自己听错了:"你建了博物馆?"

柯一肖哈哈一笑:"我乱建的,没章法,你是大教授,多提宝贵意见。"

他领着柯一璀来到一幢三层楼。没错,柯一璀看见了,那幢楼的外立面上有一排巨大的横排铜字:柯氏文化用品博物馆。

进去之后,柯一璀发现,博物馆建得"很有章法"。

一楼的藏品是笔,中国的外国的都有,近现代的有,古代的也不少。有一支毛笔比一个人还高。柯一璀想,这么大这么重的毛笔谁能拿得动呢?当然,在这里不需要体现使用价值,需要体现的是历史价值。柯一肖介绍说,这支毛笔是在他的指导下,请信河街百年制笔老店李小同特制的,他还申请了世界吉尼斯纪录。二楼是笔记本藏区,有各种材料和造型的笔记本,小的只有指甲片那么大,最大的有半个篮球场大。柯一璀问柯一肖,这么大的笔记本是他找人特制的吧?柯一肖说不是,这本特大笔记本是他从信河街"文具大王"张逍遥的公司购买来的。张家历史可以追溯到清朝乾隆年间,供过贡品。柯一肖说自己做了三年"工作",张家才愿意以两百万人民币的价格将"镇店之宝"卖给他。三楼展示柯家的京剧盔头,足足有两百平米,摆满了各种各样的京剧盔头,大小不一,颜色各异。柯一肖说,一楼二楼摆的是别人的作品,那是生活,是做给别人看的;三楼是为自己做的,是他的人生追求。说完之后,他认真地看着柯一璀:"哥,大教授,你懂我的意思吧?"

5

晚餐就在公司食堂吃。柯一肖说:"我的食堂比五星级酒店还高级。"

柯一肖又说:"我让你真正体验什么叫信河街美食。"

吃饭前,柯一肖打电话叫柯可绿过来。他对柯可绿说:"北京的哥来了,你必须半个钟头内现身。"

柯可绿果然在半个钟头内"现身"。一见面就飙出一句英语:"Oh,my God,my brother。"

柯可绿的变化是脱胎换骨的。不只是语言上,是全方位的,当然,最直接的是外在形体。如果在路上碰到,柯一璀一定不敢相信她就是自己的堂妹。有一点她跟柯一肖是相同的,一见面,就给柯一璀来个大大的拥抱。当然,不仅仅是拥抱,柯一璀还感受到热情,这热情是真实的,是可以触摸的。

柯可绿完全是个"饱满"的时髦女人。没错,她给柯一璀的第一感觉就是"饱满"。从她身上能够感受到什么叫生机勃勃,什么叫蠢蠢欲动。更能感受到什么叫春意盎然,什么叫想入非非。她身上有一股蓬勃气息,特别招人,让人想亲近,却又有一种说不出的距离感。

以柯一璀的观察,她的穿着打扮、气质谈吐,跟北京上海的女人不同,跟香港广州的女人也不同。她更复杂一些,更微妙一些。她身上混杂着洋气和土气,既有国际的派头,又有小城镇女人的粗俗。她的五官立体而干净，可她却喜欢在脸上涂上许多化妆品，绿色的眼影，紫色的唇膏，很夸张。柯一璀有点恍惚，觉得她像戏曲舞台上的人。在柯一璀的生活中，很少有机会接触到柯可绿这种类型的女性，他接触的女性大多是"知识型"的，也有性格外向的，也有行事泼辣的，但都受过"良好的教育"。那些教育"滋养"了她们，"提升"了她们，同时，也在某种程度上"制约"了她们，她们表现出来的并非真实的自己，不敢，也不想。柯可绿不管，她一坐下来就问柯一璀："哥，你当教授，每个月拿多少工资？"

柯一璀说："国发工资不到一万。"

柯可绿说："Oh, my God！还不如我一个部门经理拿得多。"

柯一璀不意外。她来之前，柯一肖已经介绍过，柯可绿开了一家外贸公司，卖柯一肖的文具产品，也卖其他轻工产品。她的年收入上千万，是信河街名副其实的"富婆"。柯一肖还说，她结过一次婚，丈夫是个意大利人，他们是在做外贸生意时认识的。不到两年就离婚了。因为对方希望她去意大利，而她却要对方常住信河街。离是离了，他们的生意没有断。用柯可绿的话讲是"断什么也不能断生意"。所以,她现在是个"单身富婆",漂亮,多金,很有"市场"。

柯可绿大概觉得不应该对柯一璀这样讲话,人家怎么讲也是大学教授,这是不礼貌的。所以,她抱着柯一璀的胳膊说:"But,我哥是教授,是无价之宝,是不能用金钱来衡量的。"

这就很会讲话了。生意人千锤百炼,见什么人讲什么话是基本功。

柯一肖确实作了安排。他的食堂有一个大包厢,足足有半个足球场那么大,有会客室,有钢琴室,有休息室,还有一个卡拉OK室。包厢布置得像一个小型的京剧盔头博物馆,四周都是京剧脸谱和盔头。柯一肖介绍说:"这些都是我公司的产品,远销全世界七十多个国家。"

柯一肖没有食言,也没有讲大话,他的食堂确实比五星级酒店好,确实让柯一璀体验了"真正的信河街美食"。柯一璀没有想到,柯一肖准备了"鱼生",而且是顶级"鱼生"。柯一璀以前在北京看见的"鱼生",比筷子细,而在这里见到了食指粗的"鱼生"。除了鱼生,还有许多海鲜是之前所未见的,如海蜈蚣,如辣螺,如佛手，如鲐鱼等等。

柯可绿喝酒有"乃父之风"，但她只喝法国进口的葡萄酒。她说，喝别的葡萄酒只能喝两瓶，喝法国葡萄酒她可以喝三瓶，nice。令人意外的是，柯一肖不喝酒。他说自己"滴酒不沾"，"看见酒就难受，心情灰暗"。他没有兑现跟柯一璀"咱们好好喝一杯"的诺言。

柯可绿很快就喝高了，开始全程英文发表"演讲"，不管你听不听得懂，也不管你在不在听，她不断地重复"Are you sure？"

柯一璀发现，柯可绿喝高后，英文讲得流利多了。

柯一肖安然地坐在位置上，看着柯可绿用英文"演讲"，脸上波澜不兴。

6

柯一璀知道，叔叔叫他"回"信河街，肯定不是为了和他喝一顿酒。可他不知道，为什么叔叔昨天直接把自己喝醉了？当然，柯一璀知道，叔叔是奇人，他的为人处世不能以常理论之。柯一璀准备今天再去一趟叔叔的家，他改变主意了，不问了，继续陪叔叔喝酒，听他醉后的京剧演唱和无人能懂的演讲。柯一璀甚至希望叔叔能够和人打一架，他想见识一下叔叔手脚上的功夫，是不是真的像传说中那么厉害，一抬手就能将一个铁塔般的彪形大汉摔出五米开外。他很好奇。

柯一璀一大早去百里坊祖屋找叔叔，两扇大门如紧闭的嘴唇。没错，这确实让柯一璀联想起叔叔紧紧抿起来的嘴唇。柯一璀打家里的座机，无人接听。柯一璀昨天晚上留下了柯一肖和柯可绿的手机号，但他不想给他们打电话。他今天只想见叔叔，哪怕和他喝醉一次，也算不虚此行。他很久没有醉过了，已经失去喝醉的勇气，好像也找不到喝醉的必然理由。

柯一璀在祖屋对面站了半个小时，他第一次如此认真打量这座房子。说起来，这里才是自己的血脉之地，父亲在这里落地，柯家上溯三百年都住在这里。但是，叔叔建起的六层楼房，阻碍了他的想象。他无法在脑子里描绘五十年前的祖屋模样，更不要讲三百年前了。

半个钟头后，柯一璀决定离开，慢慢往回走。百里坊在华侨饭店的东北边，靠近瓯江。走到路口时，柯一璀临时起意，想去桃源看看祖坟。但又犹豫，他不记得祖坟的具体位置和模样。柯一璀决定先回华侨饭店，中午再到祖屋找叔叔。直接带着行李来，能够等到叔叔最好，如果等不到，叫辆车直奔机场。

意外的是，当他回到酒店，看见叔叔坐在大堂的沙发上。他脸上没有表情，好像不认识柯一璀似的。柯一璀走上前去，在他面前站定，他缓慢站起来。叔叔手里提着一个铁皮盒子。不对，不是提，而是紧紧抱在怀里，好像那个铁皮盒子是从他身体里长出来的。他什么话也没有讲，慢慢走出酒店。

一路沿瓯江而上。没喝酒的叔叔，是个沉默寡言的人。他淹没在人群里，淹没在树丛中，跟他喝醉的状态完全不同。喝醉酒的叔叔身上有一股光芒，有一种神奇的力量，犹如神灵附身。

过了积谷山，就到了桃源。叔叔依然没有开口，领着柯一璀爬山。都是蜿蜒小径，用青石板铺成。路上没有任何标记，对于初来之人，如进迷宫。山中多是乔木，约两人高，有的成排列队，有的孤独站立。杂草茂盛，将青石板路遮盖得若隐若现。山高，路远，缠绵又曲折。

当柯一璀跟随叔叔站定后，回身一看，已在山腰，瓯江变成一条小水沟，流向看不见尽头的东边。东边一片白茫茫，什么也看不清楚。

目光从瓯江收回来，柯一璀发现自己已经站在祖坟面前了。祖坟是座交椅墓，共七层，每层六圹。见到祖坟，柯一璀的记忆被激活了，是的，父亲上次就是在这里长跪不起，痛哭流涕，哭得比一个无家可归的孩子还伤心。

祖坟很干净，没有杂草，更没有枯枝败叶，清清爽爽，很有精神。显然是经常有人来打扫。叔叔对着墓圹拜了三拜，回过头来，看着柯一璀说："你过来，跪下。"

严肃了。柯一璀还听出了庄严，听出了神圣，甚至听出了命令。声音虽轻，口气却是不容置疑的。柯一璀内心并没有排斥这种仪式，他要跪拜的是先祖，要跪拜的是自己的过去甚至未来，不需要商量的。但是，有意思的地方在于，当柯一璀双手合十跪在墓前，身体里有股热流突然涌上来。确实是突然涌上来的，从脚底板开始，弥漫全身，汇聚到头上。他觉得眼睛一热，眼泪掉了下来。

7

叔叔的声音就是在这个时候响起来的。神奇的是，他的声音变了，首先是角度变了，似乎从空中轰鸣而下，每一个字都有回音，每一个字都震得柯一璀耳膜嗡嗡作响；其次是声调变了，是一个完全陌生的声调。柯一璀事后想，或许不是叔叔的声调变了，也不是角度变了，而是自己的幻觉。可问题是，自己当时确实产生了幻觉。这是千真万确的。那是一个悠远而缓慢的声调，好像来自遥不可知的地方。那声音对柯一璀说起了家族史，说起了柯家京剧盔头的历史：故事跟一个叫金三清的人有关，据传他是清朝宫廷里的御用戏剧盔头制作工匠，后被疑为潜伏在宫廷的反清复明分子。金三清提前得知消息，星夜逃出京城。一路南行，来到信河街，租住柯家的房子。他经常与柯家的大儿子柯辅良一起喝酒，后来两人义结金兰。金三清靠手艺吃饭，给庙里的菩萨制作盔头，也给戏班制作盔头。忙不过来时，金三清就请柯辅良帮忙。金三清是有心传他手艺，柯辅良也是有心要学，两人都没讲破。八年之后，官府从京剧盔头和佛像中找到信息，前来捉拿金三清，他再一次闻风而逃。出逃之前，他将一百四十八幅京剧盔头图谱和三百六十道制作工序图谱交给盟弟柯辅良。金三清离开信河街后，再也没有回来。而他交给柯辅良的两份图谱，成了柯家的传家宝。柯辅良后来以制作京剧盔头名满天下，他为了感恩盟兄，在每个京剧盔头内打上三个字：柯三清。"柯三清"后来便成了柯家京剧盔头的招牌。柯辅良育有三子三女，临终前，他立下遗嘱："柯三清"京剧盔头制作的手艺传大不传小，传男不传女，传内不传外。

声音停住了。四周寂静。柯一璀能听见风刮过祖坟周围杂草和乔木的声音。那些声音汇成一片，如涨潮的海水朝柯一璀涌来，将他淹没。当他觉得被"潮水"冲走时，是叔叔的声音将他拉上来，叔叔这时恢复了原来的声调，眼睛直视他："知道我为什么带你来这里吗？"

柯一璀似乎知道，又似乎不完全知道。叔叔并不需要他的回答，接着说："我要在列祖列宗面前，将两份图谱还给你。因为这两份图谱属于你父亲。"

叔叔将那个铁皮盒子递给柯一璀，眼神是毅然的，是没有商量余地的。柯一璀不由自主伸出了双手。铁皮盒子没有他想象的沉重，可柯一璀觉得他手里捧的不是铁皮盒子，也不是两份图谱，而是一份责任。问题在于，这是他无力承担和完成的责任。他犹豫了一下，将铁皮盒子重新推回叔叔怀里。叔叔果断地将铁皮盒子推回来："你父亲已经推卸了一次责任，你不能再推卸。"

一切谜团似乎都在叔叔这句话里得到了答案。柯一璀好像突然理解了父亲至死不回信河街的原因。同时，他也突然理解了叔叔和父亲超乎常情的关系，更理解叔叔逢酒必喝和逢喝必醉的原因。对于他来讲，或许更愿意当一个游侠，行侠仗义，周游天下。可是，柯一璀也有一个大问题，他问叔叔："你将这个铁皮盒子交给我，我怎么办？"

"怎么办是你的事。"叔叔脱口而出。停了一下，他缓和下口气说，"你也可以来跟我学。"

这是柯一璀愿意的，但也是不现实的。他非常愿意了解并参与到京剧盔头制作中来，但他只能是一个参与者，甚至可以是当事者，绝不可能成为主事者。不是不愿意，是不能。他有自己的路要走，有自己的人生规划。可是，柯一璀突然惊觉，这个借口，可能也是父亲当年的借口。

柯一璀跟随叔叔回到祖屋,叔叔带他到五楼。五楼陈列着叔叔亲手制作的一百四十八个京剧盔头。叔叔告诉他,柯一肖开价一千万要将这批盔头买走,他不卖。他很自负:"全世界找不到第二套的。"

柯一璀在五楼整整待了一个下午,叔叔陪了他一个下午。中间似乎听到婶婶来敲门的声音,叔叔没开门。叔叔将每一个盔头的人物特点和构造原理讲解给柯一璀听。柯一璀一边用手机录像一边记录,他知道,这是一笔无价的财富。

下午六点,柯一璀离开祖屋,叔叔送他出门之前,对他讲:"这批盔头只有一个主人,那就是你。"

柯一璀愣住了。这是他完全没有想到的。但他什么话也没有说。

回到华侨饭店,柯一璀退了房,叫了一辆去机场的"专车"。当车开出半个钟头后,他突然问司机:"知道柯氏公司吗?"

司机说:"知道,卖京剧盔头很有名的。"

柯一璀说:"调头去那里。"

司机说:"你去买京剧盔头?"

柯一璀没有回答,他突然很想喝酒,有强烈的喝醉冲动。而且,他觉得身体里有股顽固的声音想喷涌而出。

2019年

企业家

到目前为止,史国柱想做的事都做成了,甚至没想做的事也做成了。史国柱说自己"撞上了狗屎运",以至于他会产生幻觉,这世上只有他不想做的事,没有他做不成的事。这当然是错觉。是一种坐井观天式的妄想。他想当玉皇大帝没有?没有。想当世界首富没有?没有。想养三宫六院没有?没有嘛。因为他知道,那是不可能的。不现实的事,他是不想的。这就对了。这就是问题的关键了。他所想的,都是现实的,都是力所能及的。这一点,史国柱是清醒的。

照理说,史国柱对现状是满意的。他也这么认为,事业、财富、家庭、爱情、红颜知己,包括社会对他的尊重。

什么都不缺。他确实想不出还缺些什么。问题正在于此,这正是苦恼的根源。他总觉得自己的人生还缺少些什么,这点是肯定的,而他居然找不出来,好像他的人生到了此时此地,可以圆满结束了,可以死而无憾了。史国柱不愿意,相当不愿意。他刚过了四十五岁生日,一晚上能轻松干掉两瓶红酒,每天早上起来都能长时间地晨勃。他对每个新的一天都充满期待,可不知道期待什么。从这个角度讲,史国柱又是迷茫的。

他对自己的认识既清晰又蒙眬。早上醒来,他有时会煞有介事地思考,思考人生的意义,思考未来的可能。他发现,不思考时,他的脑子是清澈的,生活的纹路清晰可见,鲜花盛开,美酒溢香。可是,一思考,他的脑子就乱了,世界变得云雾缭绕,如无数根细线缠绕在一起。奶奶的,一团糟了。

关于事业

从史国柱的事业说起吧。

史国柱不讲事业,这个词太大了,他承担不起。他说"我的工厂",后来改成"我的小生意"。这就朴素多了,接地气多了。

史国柱出生于一九七〇年代,懂事时,他们家已经属于"有钱人"了。他父亲办了工厂。父亲和母亲原来都是信河街印刷厂工人,是第一批"下海"的人。史国柱没有吃过苦,不知道"苦"为何物。从小学开始,家里电视机洗衣机都有了,父亲开上了本田王摩托车。他也拥有了脚踏车,过年可以穿羽绒服,餐桌上每天有红烧对虾和酒炖河鳗。最主要的是,每天有一角零花钱。这是巨款。当时一学期的学费才一块五角呢。这也是造成他后来花钱大手大脚的原因之一,来得容易,去不心疼。没把钱当钱看待嘛。

实事求是地讲,史国柱读书不差,他只是不用功。用功干什么呢?每次考试前一周,认真背一下书,做几张练习,都能考到七十分左右。可以交差了。

父亲对他读书没有明确的要求,大不了以后跟他办工厂嘛。母亲在工厂管财务和后勤,没时间照顾他,作为补偿,每天给他零花钱,从小学的一角,到初中的一元,到了高中,每周升到一百元。他是学校公认的"首富"。

以史国柱的天资，是有可能考上大学的。当然，这里指的是他用心读书。但是，他有更重要的任务，必须将每周一百元零花钱用掉。这很考验人的。很能衡量一个人的能力。为此，他必须将大量的时间花在保龄球馆、卡拉OK厅，甚至酒楼里。他的酒量就是那时练出来的，四十八度的白酒干掉一斤后，再去保龄球馆玩，每次出球，球道尽头十个保龄球瓶都是应声而倒，绝不失手。

应该说，史国柱是个对自己有要求的人，是个做事认真的人。他不敷衍。就拿打保龄球来讲，他不是随便打打的，他追求专业。专业不是随便说说的，是有具体要求的，姿势、步伐、动作、力道、弧线，都有要求。他不但苦练，更会琢磨。这一琢磨，跟别人的差异性就体现出来了，高低也显现出来了。境界不一样了。保龄球最火时，信河街开了二十来家，没有一家球馆老板不知道史国柱大名。但也就在此时，史国柱不再去球馆了，有人问他为什么不去了？史国柱也不回答。问得多了，史国柱悠悠地反问一句："你觉得有意思吗？"

这话有意思了。是反问提问的人呢？还是他觉得没意思了呢？他没说。

高考之后，史国柱去他父亲的印刷厂上班。是他自己要求的。他选择读社会这本大书。这是他的"大学"。

母亲担心他吃不了苦，想让他做财务，每天坐办公室，做做报表就可以了。他不干，他去了车间，从制单开始学，照排、出菲林片、晒版、印刷、装订、覆膜、打包，整个流程学下来，不怕脏不怕累，比谁都认真。他的认真还是体现在"琢磨"上，他跟别的工人不一样，譬如拼大版，他会在脑子里"设计"几种方案，会在草稿纸上画出来。他会对几种方案进行比较，哪一种好？好在哪里？能不能更好？没错，他会"动脑筋"。这是他和工人最大的差别。他想得比别人多，动得也比别人多。掌握了印刷流程后，他转行去做销售，跑市场，跟客户谈业务。这时，他喝酒的优势体现出来了。酒是个好东西，它能迅速拉近人与人之间的距离，更重要的是，它能让不同的人在极短时间内找到"同类"。

谁都以为史国柱是工厂的接班人。可是，两年后，史国柱选择另立山头。母亲伤心了，孩子长大了，翅膀硬了，要"分家"另过了。父亲的伤心与母亲不同，这是"另立中央"，"对抗朝廷"嘛。急什么呢？"江山"

以后肯定是你的。史国柱没有"逼宫"的意思，他的想法简单得多，只想自己干，无拘无束没负担。而且，他相信自己能够干好。他对自己有信心。这信心讲起来有点盲目，没来由地自以为是。没错，史国柱确实有点自以为是，他觉得自以为是没有什么不好。他甚至觉得，自以为是是一种稀有的品质，是干成事情的基础。

史国柱注册了一家印刷公司，名字叫新时代印务公司，做的第一笔生意是印刷老鼠药的包装袋。客户来公司下了订单，也不离开，就在信河街的旅馆住下，白天来印务公司监工，晚上，史国柱请他们喝酒。先是去酒楼喝，下半场转移到KTV喝。订单完成后，客人押着货车离去。

客户都是拿现金来订货的，将三万元人民币重重拍在史国柱办公桌上。一个星期后，三万元的主人换成了史国柱。

那段时间，史国柱有两个感受：一是钞票像潮水一样朝他涌来，挡都挡不住。当然，他也没想挡。他没那么傻；二是他深切地理解了什么叫花天酒地，什么叫夜夜笙歌。他的生活热气腾腾。

这是史国柱的"第一桶金"。他了解过,当时一个机关干部的平均月工资不过五百元。他的收入是多少?十万。没错,是两百倍。

史国柱没有被金钱冲昏头脑。他知道,能够赚这么多钱,不是自己有多聪明,更不是自己有特殊的手段。没有的。他太清楚了,那些客户并不是什么正规的厂家,但他从来不问。他知不知道这是犯法的呢?他知道。他虽然没有参与药品制作和销售,但他参与了包装的设计和印刷,是难辞其咎的。但是,史国柱更明白的一点是,自己遇到了一个"特殊时期",是一个近乎真空的时期,在金钱的挥舞之下,一切都在蒸蒸日上。只要不犯人命,这点小打小闹属于"擦边球"。

史国柱的"事业"就是这样起步的。

关于干爹

史国柱的"事业"几乎是伴随着KTV同步生长的。春风一拂,万物滋长。KTV作为一个娱乐项目,伴随着经济的发展,繁荣壮大了。成千上万的漂亮姑娘涌进信河街，有东北的，有西南的，有中原地带的，甚至有国外的。相当的姹紫嫣红。

他们都是在酒店里喝完酒，再去KTV找姑娘继续喝。这段时间，史国柱的足迹踏遍信河街所有KTV。他出手大方，别人小费给三百，他给五百。姑娘们都喜欢他。姑娘们喜欢他还有一个原因，他在包厢里比较"规矩"。他去包厢会喝酒，但不会醉。会叫姑娘喝酒，但不强迫。会对姑娘动手动脚，但都是点到为止。生气了也会骂人，但主要是为了活跃气氛，是打情骂俏。所有KTV的妈咪都叫他哥，于是，姑娘们都叫他"干爹"。最多的时候，他手机里存了一百多个姑娘的电话号码。一到下午三点左右，他的手机短信铃声此起彼伏，内容都是不约而同的——干爹，我想你了。史国柱莞尔一笑，心里道：奶奶的，你们哪里是想我了，分明是想干爹口袋里的人民币嘛。这段经历大大丰富了史国柱的人生，最主要的是，极大地丰富了他对女人内心的认识。

史国柱最常去的是金嗓子KTV。所有姑娘里，史国柱最喜欢的一个姑娘叫小艾。为什么喜欢她呢？史国柱也讲不出来，只是见了她舒服。但史国柱并不表现出来，也不故意疏远她。去了金嗓子也不刻意点她。史国柱这么做，并不是有什么预谋，也不是故意吊她胃口。他没这个意思。他不想跟小艾过于密切，是因为他知道一个道理，在这种场合，他既要真心对她们好，又不能好得没有保留。他是不是真心，姑娘们看得出来，她们见的男人多了，差不多都把男人"看透了"。史国柱知道不能将自己整个人投进去，他只负责对她们"好"，让她们快乐，他也得到快乐。就这么简单。

姑娘们喜欢史国柱还有一个原因：下了夜班，史国柱会带她们去消夜。都是喝酒，但两种喝法是不同的。在KTV里是陪客人喝，是任务，是工作，这种喝酒是以客人的高兴为目的，人跟人之间的关系是不平等的。即使是为了赚钱，内心也是委屈的，是心不甘情不愿的。问题在于，内心的委屈不能表现出来，反而要装出兴高采烈的样子，强颜欢笑，主动迎合，投怀送抱。委屈死了。跟史国柱消夜就不同了，那是为自己喝，是工作之后的"娱乐"，是放松，内心是自由的。这种喝酒是放飞自我，多么美好。问题也是有的，这种氛围容易缠绵，容易滋长暧昧。也是啊，姑娘们也明白，她们是暧昧的，是讲不清道不明的。她们是特殊生物，过着晨昏颠倒的生活。有意思的地方也正在这里，她们吸引客人的地方也在于此。史国柱当然喜欢这种暧昧，他也喜欢这种缠绵，但他的喜欢有点形而上，有一种超脱感。不是说史国柱有多高尚。不是的。这只是史国柱的态度，他只是喜欢这种氛围，尽力维护这种氛围。史国柱打保龄球时就明白了一个道理，娱乐是相互的，是需要一种精神的，是要站在对方的角度考虑问题的。还有一点，史国柱去这种场合，都是陪着客人去的，从某种意义上讲，他和姑娘们的角色是一样的，要让客人高兴，因为客人是他财富的源泉。所以，他能够体察姑娘们的难处，他尊重姑娘们的意愿，不让她们为难。

这样的客人，姑娘们怎么可能不喜欢？

姑娘们喜欢史国柱另有一个原因，史国柱乐意帮助人。姑娘们出门在外，远离父母。二十岁上下，是个不知天高地厚的年龄，她们唯一害怕的是生病。到了举目无亲的环境，在生病的时候，天塌下来了，被孤立了，被遗弃了。她们可以接受客人的谩骂甚至殴打，但不能接受孤立和遗弃。说到底，她们处于最需要人疼的年华，当她们对身体失去自信的时候，那种"被人疼"的需求比平常人要强烈得多。这种时候，她们想到"干爹"了，会给他发短信，会给他打电话。她们信任"干爹"，而"干爹"也值得姑娘们的信任。她们一个短信或者一个电话，很快，"干爹"开着他新买的奔驰轿车赶来了，眼神是关切的，口气是关心的，动作也比平时轻缓了许多。好了，什么话也不说了，天大地大，身体最大，去医院，咱们看医生去。姐妹们私下里是有交流的，"干爹"是个"有分寸"的人，不会趁人之危。他绝不是这样的人。姑娘们达成了共识，跟"干爹"在一起是"安全的"。她们敢于向"干爹"求助还一个重要的原因，"干爹"是个未婚青年。如果有了老婆，这种事情怎么解释得清？正因为未婚，他不怕在医院里碰到熟人，坦坦荡荡，问心无愧。姑娘们也不用小心翼翼，有"干爹"真好。

姑娘们特别注重自己的生日。来 KTV 之前，她们对自己的生日并没有过分的关注。入了这一行，进了这种场所，生日的意义突然变得不一样了。她们"觉醒"了，应该对自己好一点，以前对自己太潦草了，太对不起自己了。可是，怎么对自己"好"呢？怎么个"好"

法？姑娘们不约而同想到了生日。一年里只有一天，时间是相当节约了。正因为节约，更显得珍贵，更要好好庆祝。这一天，她们要请假的，不上班了，天王老子的台也不坐了。约上要好的姐妹们，喝酒去。没错，还是喝酒。但这是为自己喝，是和姐妹们喝，意义不一样的。她们早早预订了酒店的包厢，将包厢号一一发给姐妹们。好了，就等生日到来了。当然，生日蛋糕是必不可少的，是姐妹们凑份子买的，是桂香村订制的生日蛋糕。这天晚上肯定是狂欢的，肯定有几个姐妹要喝醉的，她们肯定是又哭又笑，最后抱成一团。喝醉之后，她们开始互诉衷肠了。这是肯定的，因为她们是好姐妹，是生死之交，是比亲人还亲的人。她们约好了，下辈子还做姐妹，做生死与共的姐妹。

也不知道从什么时候开始，她们的生日聚会多了史国柱。她们欢迎"干爹"，因为"干爹"是亲人，是贴心的亲人。当然,从那之后,生日蛋糕变成"干爹"提供了,"干爹"还会给寿星包一个大红包，一千八百八十元。"干爹"还想把酒单买了。姑娘不肯了，说："他妈的，你这是什么意思，看不起人吗？"

史国柱马上笑着说:"看得起看得起。"

姑娘马上给"干爹"一个大大的拥抱,在"干爹"左边脸上用力亲一下,右边脸上更用力亲一下,说:"谢谢干爹,爱死干爹了。"

小艾的生日是十月一日。史国柱给小艾过生日,也是一个生日蛋糕,一个一千八百八十元的红包。小艾那天晚上没有喝醉,她有意留着酒量了。小艾的三个好姐妹喝醉了,吐得喷泉似的。三个人又哭又笑,抱成一团,好像她们三人一起过生日了。小艾一直在做"后勤工作",又是打扫包厢,又是给她们泡红糖水,用湿毛巾一遍又一遍给她们擦脸。小艾留着酒量也不全是因为喝醉的三个好姐妹,更是为了史国柱。将三个好姐妹安顿好,已经接近凌晨了,她悄悄拉着史国柱说:"干爹,我请你去唱歌。"

史国柱说:"你每天唱还不够?"

小艾说:"不一样的,这一次,只有我们两个人。"

小艾这么说的时候,眼睛看着史国柱,身体紧紧地贴着他,几乎要挤进他的身体里了。小艾是四川人,才十九岁,跟她姐姐来信河街。姐姐对她看管得紧,不允许小艾脱离视线的时间超过一小时。小艾私下里告诉史国柱，她的姐姐其实是表姐，是她姑妈的女儿。她对史国柱说："你不要告诉别人哦，我姐知道会打死我的。"

史国柱带小艾去了一家名叫海员俱乐部的KTV，他问小艾："你私自溜出来，不怕你姐知道了打死你？"

小艾捂着嘴巴笑了，说："我姐知道我和干爹在一起，她放一百个心。"

他们在包厢里并没有唱歌，小艾说："干爹，我想喝酒。"

史国柱说："喝。"

小艾说："干爹，我要喝醉。"

史国柱说："你人高马大的，醉了我抱不动。"

小艾端起酒杯说："今天是我的生日，我要干爹跟我一起醉。这是命令。"

喝完五瓶啤酒后，小艾有醉意了，她问史国柱："干爹，你有单独带其他姐妹出来玩吗？"

史国柱笑了笑说："有的。"

史国柱没有说谎，他确实有带姑娘出去过。有一次开车带着一个姑娘去了一趟南京，前后玩了一个星期。

小艾问道:"你们怎么玩?"

史国柱说:"跟现在一样,就是喝酒。"

小艾哼了一声,说:"鬼相信。"

史国柱笑着说:"你难道不相信干爹?"

小艾也笑着说:"我相信干爹,但这事不相信。"

史国柱端起酒杯说:"生日快乐,喝酒喝酒。"

关于财富

史国柱大概做了五年老鼠药的包装袋,之后转做台挂历。他有个预感,如果一直做老鼠药的包装袋,早晚会出事,弄不好是要吃牢饭的。他不做包装袋了,决定做台挂历。

不久就流行台挂历了。这就是运气。什么叫流行?就是元旦之前,每个单位会给员工发一本台历,完全不跟人商量的。讲究一些的单位,专门订制了精美的挂历。那就是文化了。文化是看不见的,是不知不觉的,是暗潮汹涌的。当文化浮出地面时,便成了现象,成了风气。谁也无法忽视了,谁也阻挡不住了。

收入方面也出现了巨大变化。做老鼠药包装袋时，史国柱去银行存款，一般是以万为单位，到了做台挂历时，已经是十万甚至百万了。

台挂历差不多做了十年，政府不采购了，企事业单位不流行送台挂历了。这就是"时"的问题了，是时运的"时"，是时不我待的"时"，当然也是时间的"时"。类似"道"，类似"禅"。说不清，道不明，却又若隐若现。在这之前，史国柱的公司已经不做台挂历了，他升级了公司的设备，转做离型纸和离型膜，摇身一变，成了高新技术企业。他成了一个企业家了，有了各种荣誉。

史国柱没有被企业家的称号冲昏脑壳，他清楚自己是什么货色。他也没有认为自己"功成名就"，只是狗屎运好，赚了一些钱，吃用不愁而已。他知道自己完全是被时代推着走，完全是随波逐流的。他是个"稀里糊涂"的企业家。史国柱内心是明白的，他能够走到今天，从小的方面说，是他的认真。是的，他从不否认自己的认真。无论是做人还是做事，只要是他想做的，都会尽力做成、做好，想到别人没有想到的地方，做到别人做不到的地方。如果让他自己评判自己，他觉得这是唯一的优点了。

如果从大的方面说，他认为是这个时代对自己好。他一直开玩笑说，自己有两对父母：一对是生他养他的父母，给了他生命；另一对父母就是这个时代，给了他财富，是再生父母。

父亲印刷厂做完台挂历那一波生意后，业务量急剧下降。出的多，进的少，管财务的母亲慌了，跑来对他说："你老爸每天借酒浇愁。"

史国柱心里想，借酒浇愁有个卵用？这是时代大潮，要么顺流而下，要么逆流而上，断没有停滞不动的道理。停滞不动等于被抛弃，等于被淹没。史国柱希望父亲见好就收，尽早"上岸"。可是，父亲会"知难而退"吗？当然不会，如果会，就不会"每天借酒浇愁"了，他至少可以来跟史国柱商量。他不会来找史国柱的，这是父亲作为一个商人的尊严，也是他的局限。他的最大问题在于没有清醒地认识自己，更在于他对世界抱有幻想。这是可怕的。父亲的幻想源于对自己的错误认识，更源于他曾经的成功。而他不知道，曾经的成功是无法复制的。历史和成功有很大的相似性，更有很大的欺骗性，似乎有章可循。然而，历史和成功的共同点就是它们的不可复制性，就像树叶和人的指纹，看似相同，实则差异万千。

母亲找他商量，是想让他"收购"父亲的工厂，成为他集团下面一家子公司。史国柱应该做这件事，父亲有困难，他不能不伸援手，这是他做儿子的责任。但是，史国柱知道自己不会收购父亲的工厂，如果他这么做，他就不是史国柱，他就走不到现在。史国柱劝母亲，让父亲尽快转让工厂，一个人的力量再大，也无法与时代的潮流抗衡，何况父亲的能力根本不够大。他还告诉母亲，父亲转让工厂后，最好的选择是安度晚年，不要抱有"东山再起"的念头。母亲问他："为什么？你能给我一个理由吗？"

史国柱说："我给不了理由。"

母亲当然不能理解史国柱的讲法，更不能理解史国柱的做法。父亲有难，你怎么能够"见死不救"？母亲想不通。但是，母亲也在内心给史国柱寻找到了解释，她想，史国柱这么做，肯定有他的道理，也肯定有他的难处。在她心里，史国柱不是一个不讲情理的人，他有他的原则。他从小就这样。她这个做母亲的，从来没有弄明白儿子是个什么样的人。他不说，谁能猜出来呢？

反而是父亲能理解史国柱的做法。他根本不同意母亲去找史国柱商量，真要商量，他会去。那是两个男人之间的谈话。他不会让史国柱"收购"的，他不会将一个自己收拾不好的摊子"扔"给史国柱，这不是他的性格。最主要的是，史国柱是他的儿子，他的工厂如果让儿子"收购"了，这跟当面掴他巴掌有什么区别？他不能接受的。所以，他知道妻子找史国柱商量后，狠狠地骂了她一顿，骂她"自作主张"，骂她"自作聪明"，骂完之后，干脆把自己喝醉了。

父亲的工厂继续办了两年，后来承包给工厂里的经理，每年净收五十万租金。其实，这是史国柱出的主意。那个经理很早就在父亲的工厂上班，早有当老板的愿望，只是苦于没有资金。史国柱约那个经理谈了一次话，他算了一笔账给经理听，他如果独立出去办企业，既要租厂房，又要买设备，没有三百万是办不成的。如果承包了父亲的工厂，等于一分钱也不用拿，就从经理转变成老板。当然，他还必须经过父亲那一关，史国柱让他自己去找父亲，经理可以给父亲算一笔账，如果是父亲当老板，一年辛苦下来，最终的利润肯定达不到三十万，加上各种税收和保险，说不定还得亏。既然如此，为什么不净收五十万呢？经理和史国柱谈了话后，果然去找父亲，父亲考虑了三天，最后同意让经理承包。

这笔生意里，史国柱少算了一笔账，他没有算上经理的年收入，他知道，父亲给经理的工资每年至少是十五万。其实，经理心里是清楚的，他那十五万是死工资，是老板发给他的，变数不大。他如果承包了工厂，便是自己给自己发工资，生意如果做得好，他赚的就远远不止十五万，谁也不会跟他抢。如果做得不好，可能赚不到十五万，那是他的责任，他认命。

经理承包之后，工厂的经营果然有起色。第一年，除了上缴五十万利润外，经理赚了三十万。比原来的收入翻了一番。问题出来了，工人还是原来的工人，机器还是原来的机器，工厂的名字也没有改变，为什么经营的效果会不一样？当然跟做事的人有关，跟做事人的心态有关，跟做事人的方式方法有关。父亲办了几十年工厂，到了老年，已经疲了，虽然内心不愿意承认，但他在精神和行动上都处于"守"的状态，他要求"不亏就行"。

而经理的状态完全不同,他是"攻",全力出击,毫无保留,置之死地而后生。他当然赚得多。

经理是满意的,虽然这一年做得很辛苦,做得筋疲力尽。可他的精神状态是好的,是高昂的。他对未来有了更多的期盼,也有了更多的想法。

经理后来将此事告诉了史国柱的母亲,母亲很高兴,她就知道,这个儿子没有白生,自己的肚子没有白疼。她很欣慰。

工厂承包出去后,父亲还是每天喝酒,但他再没喝醉过。他在家后门挖了一个小池塘,养了两只黑天鹅,每天给它们喂食,每天打太极拳给它们看。

关于爱情

史国柱读初中时喜欢上一个女同学,她叫董小妮。董小妮是他们班长。到了高中,他们还是同学。史国柱一直不属于好学生,他不听话,自行其是。董小妮一直是个好学生,她的父母都是初中老师,父亲还是校长,教过史国柱思想品德。董小妮一直是个听话的学生,老师讲什么她听什么，老师叫她做什么她就做什么。她的成绩一直是班级第一名，一直是史国柱的"领导"。史国柱别人的话不听，董小妮的话也不一定听，但他不会反抗，至少表面上会答应下来，至于做不做，连史国柱自己也不知道。

回头想想，史国柱到底喜欢董小妮什么呢？他也说不明白，但肯定不是她的考试成绩。史国柱从来没把考试成绩看得那么重。不过，有一点是可以肯定的，史国柱喜欢她不声不响的性格，成绩好，又是班长，却从来没有在班级里高声说过话，看谁都是低眉顺眼的，眼睛里流露出的是和善，是客气。她脸上的神色是宠辱不惊的，甚至可以讲是神秘莫测的。没错，史国柱喜欢的就是这一点，她有实力，却低调。说白了，这就是素质嘛。史国柱觉得这样的女生不错。

也只是不错而已，董小妮并没有让史国柱想入非非，她长得娇小玲珑，五官也是小小的，皮肤还有点黑。太单薄了。史国柱觉得她有点营养不良，是不是读书太用功了？当然，这只是史国柱的想法，他没有咨询过董小妮。怎么可能呢？初中三年，再加上高中三年，史国柱和她讲的话不会超过二十句。

史国柱内心是想跟她亲近的,甚至想约她一起去打保龄球。但是,史国柱克制住了,不能约。董小妮出不出来不是一个问题,他觉得董小妮不讨厌自己,这点自信史国柱一直是有的。但他不能害董小妮,因为自己的人生方向跟董小妮不同。他虽然没有和董小妮作过沟通,但能够猜想出来,她的人生方向是考大学,而且是好的大学。两个人走的路子不一样。

事实也确如史国柱料想的那样。董小妮顺利考上了大学,听说是上海财经大学。那就好,史国柱一颗心放下了。虽然有一点点遗憾,却是一颗巨石落到实处的感觉。他觉得这样挺好。

再次见到董小妮已是很多年以后。这中间,史国柱时不时会想起董小妮,时不时会听到她的消息。听说她大学毕业了,原本有留在上海的机会,因为父母亲的缘故,选择回到信河街;听说她进了税务局,成了国家干部;听说她当上了科长,成了女领导。奇怪的是,史国柱一直没有见到董小妮,很多当年的同学都说见到当年的班长了,史国柱一次也没碰到。史国柱有一点失落,更多的是庆幸，他想象不出来，现在的董小妮会是什么模样，更主要的是，他无法想象自己将会以何种姿态面对她。

此时，史国柱早已是KTV的老客，早就是姑娘们的"干爹"了。他对女人了解的程度，几乎等同于他对包装印刷业务的了解。正因为如此，他觉得更不能与董小妮见面，他怕失望。他希望能一直在心中保持对董小妮的想象，一直将想象保留在中学时代。那是多么美好而珍贵的一种回忆。为此，史国柱尽量不去税务局，也避开同学聚会。其实，越是这么做，他的内心似乎越想见到董小妮。这一点，他心里是清楚的。即使如此，他还是要这么做。

史国柱这时才猛然醒悟过来，自己为什么会对小艾特别好了。小艾与他想象中的董小妮完全不同。小艾是那么高大，健壮得像一个游泳运动员。她的皮肤那么白，白得近乎透明。她的性格那么开朗，笑容一直开放在脸上。她讲话的嗓门那么大，好像自带一个扩音喇叭。她几乎就是董小妮的反面。是另一极。

史国柱和董小妮的见面富有戏剧性：史国柱有一个做皮鞋的朋友，说要给史国柱介绍对象，史国柱问他是什么人？他说不要管是什么人，你见了肯定喜欢，人也肯定合适。史国柱内心是有预感的，他不想去。这样的见面太可怕了，太摧残人了。可是，到了约定的时间，史国柱居然兴致勃勃地去了。朋友找了一个很好的借口，约在他家里吃饭，见一面，不成也没事，好下台的。史国柱和董小妮是前后脚到的，董小妮先，史国柱后。他是故意的，是的，他故意要迟一点，不是端架子，而是预埋撤退后路。进去后，一看，果然是董小妮，他捂着嘴巴噗噗噗地笑。而董小妮一看见他，也捂着嘴巴笑了。弄得那个朋友莫名其妙，忙问史国柱，你们认识？你们认识？史国柱不说。董小妮也不说。

董小妮没有变。反正史国柱看不出她有什么变化。这就对了，史国柱放心了。什么话也不用说了。不用撤退了。

两个人的恋爱谈得很顺利，几乎是水到渠成。史国柱去董小妮家，他父亲还记得他，说："我当年就知道你聪明，只是不肯读书。"

史国柱开玩笑说："我当年不肯读书是有原因的。"

董校长说："愿闻其详。"

史国柱说:"我是将第一名让给董小妮,我一用功,她最多只能得第二。这样的事我不干。"

董校长考虑了一下,很认真地点点头:"也有道理,也有道理。"

董小妮只是捂嘴笑。

能娶到董小妮,是史国柱没有想到的。他甚至担心,一辈子的好运气用完了。可是,即使如此,他也不后悔。

董小妮还是那么和善和客气,她给了史国柱相当大的私人空间。她每天下班前打电话问史国柱,晚上是否回家吃饭?史国柱如果说有应酬,她不会追究跟谁应酬。到了零点,如果史国柱还没有到家,她会发个信息,不是催促史国柱早点回家,而是说"我先睡了"。她是善解人意的。

当然,董小妮也是厉害的。她的厉害是不声不响的,不轻易表现的。她的厉害,史国柱是在结婚半年后才领教的。那天晚上,吃完饭后,她轻轻对史国柱说:"公司有一笔账对不上。"

史国柱被吓住了。太妖怪了。董小妮怎么知道公司"有一笔账对不上"?不会是故意"套"自己的吧?史国柱试探性地问:"你说的是哪一笔?"

董小妮的声音还是那么轻:"十万元那一笔,没有支出项目,也没有收入。"

史国柱出了一身冷汗。他想起来了,那笔钱是"借"给小艾的,哪里有什么"项目"?让史国柱"暗自出汗"的不是将钱"借"给小艾,而是董小妮对他公司财务状况的了解程度。史国柱发现自己疏忽了一个重要细节,董小妮是税务局的"科长",她要"了解"公司的财务状况谁阻止得了?她查的是自家公司,理所当然的,名正言顺的,是公事也是家事,合情合法的。自己太大意了。

史国柱突然觉得,自己娶回一个梦想的同时,也娶回了一个炸弹。危险了。

其实,跟董小妮谈恋爱后,史国柱就很少去KTV了。时代变了,去这种场所的人少了。最主要的是,当年叫他"干爹"的姑娘们各自散去了。

跟史国柱还有联系的是小艾,众姐妹烟消云散后,她选择留在信河街,开了一家四川火锅店,史国柱是店里的常客。史国柱到店来,会先跟小艾打招呼,告诉她多少人,让小艾留包厢。当了老板后,小艾就没时间陪他在包厢里喝酒了,但只要手头闲下来,她都会陪史国柱喝两杯。姑娘们散去后的消息,史国柱都是陆陆续续从小艾那里听到的。大多是回去开店了,很快就嫁人生孩子了。当然,也有一部分转战上海北京。KTV能改变人的世界观,一旦踏足这种生活,注定一生内心漂泊。这可能也是小艾不愿离开信河街的原因之一,她不想回四川老家,更不想去上海北京,她选择留在这片土地上生根发芽。她的这种选择,跟史国柱有没有关系?她没讲,史国柱也没问。

小艾开店时,向史国柱借了十万元。她以前也向史国柱"借"过钱,数目不大,事后谁也没有再提起。但是,让史国柱没有想到的是,两年之后,小艾将钱还给他了。小艾还钱时,请他吃了一顿火锅,在餐桌上将现金递给他,说:"干爹,这是十万,利息就免了。"

史国柱看看她,笑一笑,什么话也没有讲,将钱收了。小艾有借没还,他不在意;有借有还,他也不拒绝。

小艾有了一个男朋友,是个厨师。算起来,那人是史国柱的远房表弟。从那之后,小艾跟她男朋友叫他"表哥"。她跟男朋友结婚前夕,请史国柱吃了一顿火锅,那晚小艾很克制，只喝了三瓶百威啤酒，她对史国柱说："表哥，以后我打电话给你要接啊。"

史国柱点头说："我会接的。"

小艾又说："如果当时没接，事后一定要回啊。"

史国柱点点头说："我会回的。"

小艾继续说："如果我有事找你帮忙，你会帮的吧？"

史国柱笑了起来，说："那得看什么事了，如果你叫我去杀人，我肯定不去。"

小艾也笑了起来，说："我怎么会让表哥去做犯法的事呢？"

关于儿子

结婚三年后，董小妮给史国柱生了个儿子。董小妮跟他开玩笑："你叫国柱，你儿子就叫栋梁吧。"

史国柱呸了一声。儿子的名字是董小妮起的，叫史泰龙。史国柱问："有什么含义？"

董小妮说："没什么含义，不是有个演员叫史泰龙吗？"

史国柱马上说:"我知道,美国好莱坞演员,我看过他演的《第一滴血》。"

董小妮说:"真要硬着头皮解释,还是有一点含义的,史是你的姓,泰是安康的意思,龙象征中国。"

史国柱点头说:"史泰龙挺好。有一个名人儿子挺好。"

史泰龙是随着新世纪第一缕阳光出生的,长得比阳光还快。董小妮劝过史国柱,多陪陪儿子,陪伴是很重要的。史国柱不以为然,因为他的父母就没陪伴过他。他认为自己长得还可以,至少没有祸害社会。再说,有董小妮陪伴着,他很放心。董小妮没有因为生了史泰龙而居功自傲,她还是以前当班长的做派,谦虚而低调,对史国柱如此,对史泰龙也是如此。有这样的妈妈陪伴,作为爸爸的史国柱还有什么不放心呢?再说,史国柱一直觉得儿子还小,还不懂事,等他长大了,两个人就可以坐下来像兄弟一样聊聊人生喝喝酒。当然,在史国柱的认识里,他能否和史泰龙坐下来喝酒聊人生不是很重要,他的责任就是将他生下来,至于以后的路怎么走,那是史泰龙的事。

对于史泰龙，史国柱觉得自己只是在董小妮身体里下了一个蛋，下完之后，他的任务就完成了。他是这么想的，也是这么做的。

史国柱偶尔也会反思，自己这种想法是否正确。但这种情况很少。他不是一个喜欢反思的人。他认为反思是没有意义的。人来世上一遭，最大的意义在于过程，不在于思想。思想是没有意义的，想得再明白再深刻，最终还不是一死？很虚无了。很没意思了。怎么过显得尤为重要了。以史国柱的经验来判断，就是按照自己的想法过。他就是这样走过来的。以此类推，他认为史泰龙也应该如此。也只能如此。但是，史国柱的原则是"不管"，董小妮怎么管是她的事，反正他"不管"。他不跟史泰龙谈心，更不要说什么"提醒"之类。一切放任自流。他爱怎么来就怎么来。

一晃眼，史泰龙读初中了，模样不像美国演员史泰龙，倒像中国香港演员周星驰。当然，也有人说他和史国柱很像。史柱没认为儿子像自己，自己是国字脸，史泰龙是瓜子脸，像董小妮。不过，史国柱觉得他的性格像自己。史泰龙做事是认真的，他认定的事，必须做到最好，不是最好决不罢休。他有一段时间喜欢玩魔方，没日没夜地玩。他完全继承了史国柱的基因，喜欢"琢磨"，他一"琢磨"，就显得跟别人不同了，他的最高纪录是：闭着眼睛，在十六秒内，单手还原魔方。这个速度，破了当时的世界纪录。他后来玩跑酷，练习飞檐走壁，腿摔断三次，手臂骨折两次，头破血流无数次。他奶奶不心疼，他爷爷却每一次都掉眼泪，主动请缨，要教史泰龙打太极拳。史泰龙带着团队参加全国跑酷比赛，拿到了一等奖。那时，他读高三。

史泰龙跟史国柱一样，不读书。更准确地说，是不肯读书。史国柱不知道他班里是不是有一个成绩第一的女班长。这点他也"不管"。

从史泰龙读书这件事上，史国柱发现了董小妮的另一面。她不淡定了，相当不淡定，跟史国柱认识的董小妮判若两人，她每天晚上对着史泰龙和他的作业本大喊大叫，歇斯底里，完全不顾自己的身份和形象。每一次月考后，董小妮都会爆发一次，她一手拿着试卷，一手在空中比划，对着史泰龙的脑袋嘶吼："这样的题我最少陪你做了一百遍，是不是？你说是不是？你是不是存心要气死我？你说？是不是？"

史泰龙是个好孩子，或者说，史泰龙遗传了董小妮优秀的一面，无论董小妮叫声有多高，无论董小妮嘶吼多长时间，史泰龙从不反抗，连嘴唇都没动一下。一副宠辱不惊的样子。第二天，他依然面带笑容去上学，风平浪静，鸟语花香，好像根本没发生过昨晚的暴风骤雨。

史国柱爱死儿子的性格了。他知道，儿子不是没性格，而是太有性格。他的性格就是大海，就是高山，就是浩渺无际的宇宙太空。他可以接纳万物，也可以成为万物。史国柱觉得儿子太不容易了，从小学四年级到高三，董小妮对他整整嘶吼了九年，他没有顶过一句嘴，连脸色都没有变过。当然，考试的分数也没有变过，每门功课基本在六十分徘徊。他是个神奇的人。

董小妮走投无路了，对史国柱说："管管你儿子吧，他再不醒悟，大学也考不上的，算我求你了。"

这下问题严重了。对于史国柱来讲，史泰龙能否考上大学，根本不是个问题。现在的问题是，董小妮都"算我求你了"，这样的话都讲出来了，当然也就成了史国柱的问题了。史国柱点头说："行，我找他谈谈。"

史国柱找史泰龙谈了一次话，快刀斩乱麻，他对史泰龙说："你考上本科，我奖励一百万。考上研究生，奖励三百万。考上博士，奖励一千万。干不干？"

史泰龙眉毛一扬，盯着史国柱说："你讲话算数？"

史国柱脑袋伸了过去，说："不信我们签个协议。"

史泰龙说："干。"

董小妮知道后，很失望地看着史国柱，长时间没有讲话。她没话，史国柱也不开口。董小妮还是没有忍住，她问史国柱："有用吗？"

史国柱很肯定地讲："当然有用。"

因为史国柱知道，如果当年父母用这种方法奖励他，他也会认真读书的，也肯定能考上大学的。他不跟钱过不去。他不跟钱结仇。他相信史泰龙也是。

半年之后，史泰龙考上了上海大学，一本。收到录取通知书时，史国柱将一张存了一百万人民币的银行卡交给他，得意地对史泰龙说："我讲到做到的。"

史泰龙接过银行卡，问他说："你准备好三百万和一千万了没？"

史国柱点点头说："那当然。"

史泰龙歪着头，表情认真地问道："如果我读博士后呢？你给多少？三千万？"

史泰龙这么一问，出乎史国柱意料了，他有挨了一棒的感觉，不知道怎么回答了。这一棒是出其不意的，是突如其来的，算不得暗枪，但绝对不是明箭。这一棒不是从头顶砸下来的，而是从心底捅上来的，那种感觉不是疼，也不是晕，而是闷。喘不出气的闷。史国柱觉得史泰龙"这一问"是有问题的，有相当大的问题。可是，史国柱想不明白问题在哪里，想不明白为什么会出问题，更想不明白会成为什么问题。史国柱认为这次应该好好思考一下了，这次不同了，儿子抛来的问题，他不能回避的。然而，他越思考脑子越乱，云遮雾罩，奶奶的，一团糟了。

2019 年

骄傲的人总是孤独的

对于梅巴丹来说，父亲突然弃世是个分界线，她的人生由此划分为两段。

梅巴丹不是没有想过死亡问题，可父亲才六十多岁呀，每顿能喝一斤白酒，连感冒药也没有吃过，怎么可能跟死亡发生联系？如果一定要说问题，那就是他太瘦了，像一根箸，可梅巴丹认为这正是父亲的优点，加上一头白发，很是玉树临风。在梅巴丹的记忆中，父亲一直是满头银丝。她觉得父亲生来就是个"白头翁"，这才是想象中父亲应有的形象。她以为，父亲这个形象是永恒的，如他的作品一样不朽。她以此为荣。

父亲一直是沉默的。梅巴丹懂事以来，便开始琢磨这个老头心里装着什么怪东西。梅巴丹当然琢磨不出来，父亲像一块巨大的木头，对，是一块巨大的木头。

虽然父亲像木头一样沉默，但梅巴丹不怵他。梅巴丹从他的眼神看出来，他看她的眼神是柔和而温暖的。可是，他几乎一句话也不说，这让梅巴丹多少有所忌惮。他的眼神有一个无形的铁框，将她罩在铁框里，使她喘气不畅，骨骼酸疼，连走路的步伐也不敢迈得太大。

唯一例外是父亲喝酒的时候，即在晚上收工之后。在他们家不大的饭桌上，端上梅巴丹的米饭和她喜欢吃的对虾。父亲晚上不吃主食，只喝酒，喝的是江心屿牌老酒汗。下酒菜是老三样：花生米、鸡爪皮和猪耳朵，逢到节日，会加一个菜：鱼生。鱼生就是比小指还细的小带鱼和萝卜丝用酒糟加盐腌制而成，闻起来有股腥臭味，入嘴芬芳鲜美。

梅巴丹六周岁生日那天，父亲给她煮了一碗长寿面，煎了两个荷包蛋，还有一只又大又肥的红烧蛏蠓，同时，父亲给她倒了一小杯老酒汗。这是梅巴丹第一次真正接触白酒,她之前每天晚上裹着这股刺鼻的味道入眠,可那味道跟她没有关系,那是父亲快乐和忧伤的玩具。所以,当那杯老酒汗放在面前时,她有点猝不及防。她看了看父亲,父亲也看了看她,没有开口。梅巴丹没有再说什么,小心翼翼端起杯子,她发现白酒漫出杯沿,在杯口跳动。这让她紧张,赶紧将酒倒进喉咙。一口下去,身体立即被点燃了,好似有一道闪电,要将她由内到外撕裂。她丢下杯子,在地上乱蹦乱跳,在餐厅里一圈又一圈地跑。起码跑了十分钟,身体里的火焰才慢慢熄灭。她一边跑一边狗一样吐着舌头,哇啦哇啦地叫,心里暗暗发誓,妈呀,再也不碰这鬼东西了,每天让我过生日也不碰了。当身体里的火焰熄灭后,她发现,自己的脑袋和双手开始变大,身体和双脚逐渐缩小,肉体离开了地面,像一朵云在空中飘来飘去。身体里充满了力量,又好像被抽走了所有力气,连眼皮也睁不开。这真是一件神奇的事。更神奇的是,从那以后她喜欢上白酒的味道和入口后的刺激,以及之后那种飘浮在空中的感觉。只不过,从那以后,她不再一口将一小杯老酒汗干掉,而是像父亲一样,一小口一小口地抿,抿一口,哈一口气,顺便去父亲碟子里夹一粒花生米,有时觉得一粒不够,又去夹一粒,再夹一粒。只有在这个时候,父亲脸上才会泛上一丝笑容,可她又疑惑地发现,父亲的眼睛闪现出若有若无的泪花。

这大概是梅巴丹对父亲最初的记忆。这个记忆是如此牢固和深邃,以致她此后无论何时何地,只要看见酒或者想起酒,脑子里立即浮现出那个场景。她爱酒的种子也从此落到了实处,并且得以展现。

其实,梅巴丹没有想到,这不仅仅是记忆。这是她人生真正的伊始。多年以后,她发现,那一杯老酒汗,从某种程度上决定了她此后看待世界的角度和态度。

在梅巴丹的记忆里,父亲将每个晚上的酒喝得异常漫长,如一个人跋涉在没有尽头的旅途。在最初几年,梅巴丹总是在饭桌上睡着,当她第二天醒来,已在床上。也就是说,在最初几年里,梅巴丹从未亲眼看见父亲走到孤旅的尽头,她也无法想象父亲在旅途中遇见的风景,以及他在旅途中呈现出来的风景。

梅巴丹第一次陪父亲走完旅程,是在她去杭州读大学的前一夜。这是她第一次见识自己的酒量,父亲喝完一斤老酒汗，她一点没比他少喝，居然清醒异常，不但清醒，而且镇定。面对千军万马岿然不动。唯一不同的感觉是，身体仿佛比平时升高了许多，人与物在她眼里变小了，甚至世界也变小了。她有种一切皆在掌控之中的感觉。而父亲喝到最后，已经不胜酒力，仿佛手里拿的不是酒杯，而是一生的重量。父亲在这个时候也是沉默的，唯一的不同是，每喝完一杯后，看着空杯子，他嘴里喃喃地叫着：囡啊，囡啊。声音轻得几乎只有他自己才能听见。

也就是在此刻，梅巴丹似乎一下看透了父亲内心埋藏着的秘密。父亲坚硬如铁的外表下，包裹着一颗近于透明的心脏。她突然觉得父亲是那么孤独和无助，像一个孤儿，需要温暖和关怀。

大学四年，每年暑假，她都在父亲的工作间。当然，从她懂事开始，她一直呆在父亲的工作间。她没地方可去。父亲在工作间，她只能在那里。

梅巴丹将父亲比喻成木头，是因为父亲每天跟木头呆在一起。一个人和木头长久生活在一起，容易成为一根木头。而他们家就是一个木头的世界。

他们家在信河街丁字桥巷，有个独立小院子，人称梅宅。后院有个仓库，堆满各种各样的木头。仓库出来有一个工作间，工作间也堆满木头，但跟仓库里的木头已大不一样，这些木头已被锯成大小不一、形态各异的木块。工作间有一张大工作台，占了工作间一半位置。那些木料、半成品和成品大多散摆在工作台上。工作台上还有各类雕刻工具，有锯、尺子、敲槌、垫布、方凿、圆凿、斜凿、三角凿、针凿等等。工作间边上是陈列室，陈列室有两排大柜子，隔成大小不一的格子，每个格子里摆着雕刻好的人物，有关公、张飞、刘备、诸葛亮、苏东坡，也有观音菩萨、弥勒佛、南极仙翁、钟馗，还有一类是生活中的普通人物，如骑在牛背上的牧童、江上的渔夫、晚归的农人、浣衣的妇人，等等等等。

梅巴丹从小在工作间玩，她见父亲雕木头，也拿凿子在木头上乱凿，父亲雕什么，她便凿什么。她将凿出形状的木头递给父亲看，父亲没有说好，也没有说不好。

一年之中，父亲会带她出一趟远门，去一个叫神农架的地方。父亲带着她，转了一趟又一趟车，最后，没车可转，他们便下车步行。

他们翻过了一座又一座山峰。梅巴丹问父亲:"我们去哪里?"

父亲抬头看了看四周,伸手朝天上一朵白云指了指,说:"去那里。"

梅巴丹看了看那朵白云说:"白云飞得那么高,我们上得去吗?"

父亲没有回答。

梅巴丹走不动了,脚底磨出两个水泡,双腿发酸,不停颤抖。父亲背着她继续翻山越岭。梅巴丹趴在他背上,虽然脚上的水泡还在发热发痒,她心里突然喜欢起它们来。她用手箍住父亲的脖子,温暖从父亲身上传来,弥漫她的身体,让她忘记了身体的存在。她喜欢这种感觉,身体越来越轻,越飞越高,飘到云朵上去了。而父亲如一只大鸟,在天地间飞行。

梅巴丹希望这是一次没有尽头的飞行,可她知道,所有的旅行都有一个终点。她小心翼翼地问父亲:"我们去白云上做什么呀?"

父亲说:"寻找一件宝贝。"

她问:"白云上有什么宝贝?"

父亲说:"到了那儿你就知道了。"

他们到达时,暮色已起。头顶的白云变成了红霞。在两山之间一个峡谷里,有两间小木屋,木屋里住着一个老公公和一个老婆婆。

到了之后,梅巴丹才知道,父亲所寻找的宝贝,其实就是木头,是生长在神农架原始森林背阴山坡的黄杨木。

梅巴丹和父亲在峡谷的小木屋住了一夜,梅巴丹喝了酒后,先上了床,听见父亲和老公公在喝酒说话,主要是老公公在说,说他在山上寻找黄杨木的故事。梅巴丹很快睡着了。

第二天,老公公用小车推着一大捆木头,将他们送出峡谷,一直送到车站。分手时,老公公笑着拍拍梅巴丹的脑袋说:"明年见啦,小酒鬼。"

梅巴丹摇了摇头说:"我不是小酒鬼。"

老公公笑着说:"对对对,明年你就是大酒鬼,老公公喝不过你咯。"

梅巴丹和父亲带着一大捆木头,转了一趟又一趟车,回到了信河街。父亲对那捆木头特别珍视,只有雕刻重要作品时才会用。

梅巴丹读大学之前,父亲已获得中国工艺美术大师称号,她经常听见客人站在院子外喊:"梅大师在家吗?"

父亲有时不想理会客人,躲在工作间不出来。梅巴丹便会走出去,对客人说:"别喊了,梅大师不在家。"

客人问:"梅大师去哪里了?"

梅巴丹说:"去神农架采木头啦。"

客人问:"知道他什么时候回来吗?"

"少则半个月,多则半年。"梅巴丹停了一下,忍住笑说,"如果有急事,你去神农架找他吧。"

大学四年,有四个男生追求过她,她一个也没看上。从大一开始,她暗恋上教他们美术史的老师,名叫崔大仙,长得又高又瘦,瘦得没屁股,像一杆竹竿。竹竿扎着一个小辫子,无风自摇。除了上课,梅巴丹几乎没见他开口说过话。梅巴丹倒是见他每天下午在操场跑步,戴着运动帽,一身跑步服。下雨天也不例外。他每天跑步时,梅巴丹便站在操场外围看,他跑到哪里,她的眼睛跟到哪里。梅巴丹数得很清楚,他每天在操场跑二十五圈,用时一个钟头。

有一段时间，梅巴丹也想练跑步，她买来了跟崔大仙同个牌子的跑步装置，学着他的姿势和步伐。崔大仙跑步时间在每天傍晚太阳将落未落之际，她则选择晚自修以后。跑了一个星期，接下来是连续五个下雨天。她每天傍晚看着崔大仙像一台机器在操场转圈，突然没有了再穿上那套运动服的兴致。天气放晴，晚自修之后，她有去操场跑步的内心挣扎，可是，心里另一个声音说，算了吧，你不适合这样的运动。她问那声音说，那你说说看，适合我的运动是什么？没有人回答她的问题，她没有找到答案。

梅巴丹知道他有家庭，妻子在大学城的另一所学校当老师，教的是写作。他们住在大学城一座公寓里，有一个读初中的儿子，儿子住校，周日下午送去，周五下午接回来。这项工作由崔大仙负责。梅巴丹没有想过要跟他说话，连接触的念头也没有。她觉得这样的暗恋挺好，无风无浪，晴雨无涉，却心有牵挂。她唯一不明白的是，自己为什么会暗恋他。

大学毕业前一个星期，梅巴丹站在操场外看着崔大仙跑完二十五圈，看着他从公共浴室淋浴出来，看着他走进教师办公室。梅巴丹突然做了一个决定,她一闪身,进了教师办公室。崔大仙看见梅巴丹,眼神有些慌乱,但他还是没有开口说话。是的,这正是梅巴丹想要的,她进来之前便做了决定,如果崔大仙一开口,她立马转身离开。梅巴丹坚定地走向他,刚开始有点慌乱的心情很快平静下去,她看着崔大仙,一点一点接近崔大仙,她觉得是在完成一项仪式,一项神圣而不可言说的仪式。

整个过程,两人都没有开口。梅巴丹离开崔大仙时,崔大仙张了张嘴巴,梅巴丹对他摇了摇头。梅巴丹有一种强烈的预感,这辈子再也不会见到崔大仙了,这是最后一次。她没有悲伤,也没有欢喜。离开办公室时,她回头看了他一眼,崔大仙和他身边的世界突然间缩小了,小到无限遥远的地方。

梅巴丹大学毕业后,在信河街文化馆当馆员,具体工作是收集和整理信河街非物质文化遗产材料。她很快明白,信河街非遗项目多得像夏天的蚊子,有黄杨木雕、渔鼓、布袋戏、舞龙、做酒,吹打,甚至有哭丧,等等等等,根本弄不清楚嘛。项目还分级别,最高的是洲际级,依次是国家级、省级、市级、县级,有个别的是乡镇级。

梅巴丹兴味索然。就是嘛，物以稀为贵，你弄得遍地都是，谁稀罕？梅巴丹所在的办公室每天有人找上门，自称是非遗传承人，打草鞋的，修篾的，剃头的，做圆木的，也有做豆腐的，都想报，一旦评上，每月会有一定补助资金。这当然是好事，为什么不报呢？梅巴丹不管这些事，她只负责收集材料。她不愿意坐办公室，有时去露个脸，有时连个脸也不露。馆长是个艺术家，痴迷道教音乐，每天往道观跑，跟道士称兄道弟，活得跟神仙似的，无暇管束文化馆，更无暇管束梅巴丹。这挺好。

梅巴丹读大学时，父亲收了一个徒弟，是信河街一个知名企业家的富少爷，各种名车是他的玩具，偏偏喜欢黄杨木雕。梅巴丹听说他们家做打火机生意，木头忌火，父亲一口回绝了这个名叫葛毅的年轻人的拜师请求。父亲最后收葛毅为徒，是因为葛毅做了一件事，他自学黄杨木雕，隔一段时间便来一趟梅宅，没有敲门，更没有喊梅大师，而是将作品放在台阶上，默默走开。一年以后，有一天，葛毅又送作品来，正准备离开，父亲开了门，对他说："你进来吧。"从此，葛毅成了父亲的徒弟。

梅巴丹问过父亲，为什么一年以后决定收葛毅做徒弟，是不是被他的诚心和恒心感动了？或者，他看出葛毅的艺术才华？父亲告诉她，他收葛毅为徒最大原因是通过一年的观察，发现葛毅确实没有艺术才华。梅巴丹一听就叫起来："你疯了，没才华你收他做徒弟干什么？"

父亲说："我看出他身上有另一种我不具备的才华。"

"什么才华？"

父亲闭口不语了。

是的，这就是父亲，梅巴丹永远猜不透他脑子里想些什么。很多人说他是个怪人，是个接近于神的怪人，独来独往，遗世独立，醉心艺术，心无旁骛。

葛毅胖胖的脸上总挂着笑。他每天早上来，晚上回去，中午在这里吃。有时父亲也留他吃晚饭，他会陪父亲喝老酒汗。酒风倒是不错，不推辞，不留杯，但酒量不行，半斤下去，脑袋一歪，趴在餐桌上睡着了。样子很不争气。

他看见梅巴丹就叫师姐，笑嘻嘻地往她身上贴。梅巴丹问他："听说你是独生子？"

他笑着摸摸鼻子，不好意思地说："好像是。"

梅巴丹说："什么叫好像是？"

他说:"法律上是的。"

梅巴丹说:"什么叫法律上是?"

他看着梅巴丹,又摸了摸鼻子说:"我爸在外面还有一个女人。"

"哦。"他很喜欢摸鼻子,鼻尖每天红得像胡萝卜。梅巴丹接着说,"那你更应该留在你爸公司里啊。"

他又摸了一下鼻子,笑着说:"我喜欢黄杨木雕。"

梅巴丹说:"你为什么喜欢黄杨木雕呢?"

他低下了头,轻声地说:"我也不知道。"

梅巴丹见过葛毅看父亲作品时的痴迷目光,这种目光,梅巴丹在镜子中见过,那是自己看自己的目光。这种目光是做不了假的。可是,梅巴丹发现,葛毅不合适学黄杨木雕。第一,葛毅观摩父亲作品时,都是一个表情。这是个大问题。问题在于,父亲有的作品不错,譬如他雕苏东坡的作品,雕的是被贬黄州期间的苏东坡,拄着一根木拐,站在江边,目视前方。父亲用力点是苏东坡的表情,孤愤之中包含着豁达,狰狞之中又有慈祥。那是一张充满矛盾的脸和复杂的眼神,谁看了都会心疼。梅巴丹认为父亲抓住了这一点,并且很好地表现了出来。他用了一块神农架的黄杨木，苏东坡脸上的表情细腻、丰富，是件杰作。可是，父亲也有平庸之作，特别是前期雕刻的神话人物，没有走进人物内心，过于脸谱化。葛毅看父亲这些作品时，脸上的表情没有变化，眼神也没有变化。也就是说，在他眼里，这些作品是一样的。或者，换一句话说，葛毅的审美能力是有问题的。第二，梅巴丹看过葛毅的作品，刀法圆润流畅，造型逼真，人物生动，细节到位。一个外行看，葛毅几乎已经青出于蓝了。但是，梅巴丹一眼就看出来，葛毅所刻的人物面目清晰，灵魂空洞。梅巴丹觉得，这是衡量一个艺人的最低标准，同时也是最高要求——她没有从葛毅的作品中看到他的灵魂，她看到的只是一个漂亮的空壳。这样的人，终其一生，也只能是一个匠人，一个没有灵魂的匠人。

葛毅喜欢黄杨木雕，这点梅巴丹毫不怀疑。梅巴丹甚至察觉到葛毅在暗暗喜欢她。每当见到她，葛毅的眼仁显得特别黑特别亮，眉毛也更浓密，好像一根根翘起来。可是，他似乎又刻意要隐藏这种喜欢，担心一旦流露出来，事情便败露了，再也无法收拾。梅巴丹能够感觉到，只要她一出现，葛毅的注意力便转移到她身上，她每一个动作和声音都在他关注的范畴。

梅巴丹有时也会叫葛毅陪她去瓯江边散步。从梅宅出去，穿过一条大马路，再过一条街，便到瓯江了，这里是与东海的连接处。沿着江堤往东，迎面而来的是略带腥甜味的海风，江堤边榕树如盖，有的榕树已有二三百年历史，树干粗得三个人抱不拢。江堤上铺了塑胶跑道，像鲜艳的舌头，长得没有尽头。

他们走在江堤上，葛毅有意无意地拉住梅巴丹的手。梅巴丹就让他握着，没有快感，也没有不适感。她有时脑子里会闪过一个念头，如果葛毅有进一步的举动呢？她会接受吗？她想不会，因为她对葛毅没有感觉，感情和身体都没有感觉。可是，她分明也并不排斥葛毅，甚至，在某个时候，居然期待葛毅有所举动。所以，她有时会害怕起来，告诫自己：梅巴丹，你不是说好要坚守的吗？你他妈的要说到做到。

有天晚上，葛毅约她去法国西餐厅。她知道，那是信河街最好的西餐厅。她去了。葛毅为她点了法国大虾，她没有觉得法国大虾比父亲做的对虾好吃，但她认为还不错，虾很新鲜，只是佐料放多了，部分地盖过了虾的鲜味。这有点可惜。

葛毅还叫了葡萄酒。相对于葡萄酒，梅巴丹更喜欢老酒汗。可是，在西餐厅喝老酒汗似乎不可想象。当然，喝葡萄酒她也不怕，葛毅的酒量和她不在一个级别上。那就喝呗。

喝完了一支，葛毅又叫了一支。

两支喝完，葛毅没有趴桌上睡着，梅巴丹看他却显得小了。梅巴丹觉得这是不可能的事，以她的酒量，这点葡萄酒算什么？可是，她看葛毅确实变小了，周围的一切都变小了。梅巴丹不相信葡萄酒比老酒汗还厉害。

梅巴丹发现西餐厅的服务员都认识他，她眼睛盯着葛毅问："你常来这里？"

葛毅摸了一下鼻子，对她笑了一下，说："我投了一点股份。"

她又问："你以前经常带女人来这里？"

葛毅又摸一下鼻子，笑着承认道："是的。"

梅巴丹指着自己鼻子问："我是第几个？"

葛毅这次没有摸鼻子，而是歪着头想了一会儿，最后还是摸了一下鼻子,笑着摇摇头说:"我真的想不起来了。"

梅巴丹突然笑了起来,举起杯子,跟葛毅碰了一下,说:"干了。"

半杯葡萄酒,一口便干了。

从西餐厅出来时,她主动拉住葛毅的手。葛毅问她想不想去唱歌,她想也不想就说:"不就是KTV嘛,去。"

他们在量贩KTV每人又喝了半打百威啤酒。葛毅越喝越兴奋,一点要趴在桌上睡觉的意思也没有。梅巴丹唱了好多歌,会唱不会唱她也不管了,反正就是跟着音乐瞎吼。因为喝了啤酒,她上了一趟卫生间,在里面听葛毅唱歌,声音真是惨不忍睹。梅巴丹想自己刚才的声音估计也是如此吧,甚至更不堪。但是,她心里另一个声音立即跳出来说:这样的声音怎么啦?他妈的,这样的声音才是真实的声音。

从KTV出来后,他们又去了夜宵排档,葛毅点了烤对虾、生醉海参、银鳕鱼、花蛤和野生韭菜,他们又喝了四瓶喜力啤酒。

吃完了夜宵,梅巴丹知道下一站该去哪里了,她居然对接下来的旅程充满了期待。她知道，这种期待已经充分表现在她的眼睛里，她的眼睛这时盯着葛毅不放，仿佛一眨眼他就会消失似的。出了排档，她紧紧拉住葛毅的手，她清楚地听见身体里的声音，也清楚地听见葛毅身体里的声音。

他们来到华侨饭店，这是信河街最老牌的五星级饭店。葛毅去登记房间，她坐在大堂的沙发上等。夜已深，大堂里有一个穿着酒店工作服的人在用机器磨地，发出呜呜呜的声音，让人牙齿发酸，头皮发胀。她觉得葛毅办理入住手续的过程是那么漫长，比她的一生都要漫长。

葛毅终于走过来了，一手拿着房卡，一手将她从沙发里拉起来，搂着她的肩膀进了电梯。在电梯里，梅巴丹看着葛毅，葛毅也看着她。他们已经靠在一起，身体和身体从来没有如此紧密地依靠在一起，梅巴丹觉得自己的身体在燃烧，要将她烤焦了。她觉得热，觉得烫，觉得躁动。电梯不断上升，好像停不下来。她突然打了个寒战，身体深处冒出一股寒气。她将头靠在葛毅肩上，葛毅的身高和她差不多，她觉得这个姿势有点奇怪，可她不管那么多了，她需要一个依靠，需要将眼睛闭上。

她豁出去了。

进了房间。她一把抱住葛毅的脑袋，没有任何犹豫地张开嘴巴，将他的嘴咬住。她大口大口地亲，大口大口地吞噬，几乎像在撕咬，要将葛毅整个人吸进巨大的嘴里。她知道葛毅被她的热情吓住了，这大概不像他认识的梅巴丹，他概念里的梅巴丹应该是冷淡漠然的、被动的，是个封闭的女人。而眼前这个梅巴丹却如此疯狂，如一头猛兽。葛毅的迟疑是短暂的，他很快便从惊异中反应过来，以热烈的态度和姿态投入到这场相互撕咬之中。梅巴丹感受到他的呼应，更能感受到他在技术上的引导。对于梅巴丹来说，她的撕咬杂乱无章，显得过于迫切和慌不择路。相对而言，葛毅在这方面像个熟练的老技工，他的引导让梅巴丹从最初的狂乱中逐渐平静下来，将梅巴丹带领到另一个她未曾涉及的领域，那是一个全新的领域，外表风平浪静，寂静无声，可是，平静的环境下，正涌动着巨大的波澜。

葛毅的手这时伸进了她的身体，梅巴丹一把将他推开。这一推让葛毅猝不及防，他被梅巴丹推得倒退了两步，身体依然保持着原来姿势。梅巴丹眼睛看着前方，问道："你怎么能这样？"

葛毅一脸惶恐，他大概不明白自己哪里做得不对。

梅巴丹看着前方，眼神空洞，继续问道："你怎么可以这么不要脸？"

葛毅完全被骂傻了，不知道如何接她的话。

梅巴丹突然举起手臂，从高处甩下来。出于本能，葛毅将脑袋缩了缩。谁也不愿意平白无故挨一巴掌。啪，声音很清脆，但巴掌不是掴在葛毅脸上，而是掴在梅巴丹自己右脸上，她不过瘾，又在左脸掴了一巴掌，比刚才的声音更清脆。

葛毅正要伸手阻止，梅巴丹已经放下手臂，没有再看葛毅，打开房门，头也不回地走了。葛毅跟了出去。他们一同下到一楼大厅，梅巴丹快步走出饭店。葛毅叫了两声她的名字，她没有答应。葛毅伸手去拉，她一把甩开他的手，迈开双腿跑了起来。葛毅也跟着跑起来，但他哪里跟得上？梅巴丹跑起来像一匹马，一转眼便脱离了视线。

葛毅第二天去梅宅，心里很忐忑。但是，见到梅巴丹之后，她一脸平静，好像什么事情也没有发生过，只是眼睛不再看他，似乎他不存在。这让葛毅突然又心虚起来。她好像跟以前一样，但葛毅又明显感觉到她与以前的不同。

从那之后，梅巴丹的眼睛不再看葛毅，不与他说话，更不和他散步。

梅巴丹突然"决定"跟父亲学黄杨木雕。她没有将这个"决定"告诉父亲。这是她的事。她从懂事起，便拿着凿刀跟随父亲乱划乱刻，父亲从没有指点过她，可是，她哪里需要父亲的指点呀，对她来说，雕刻这些木头如吃饭喝水睡觉一样自然，日常生活而已。木雕就像她身体里流淌的血液，与生俱来。她从没有将它们看成艺术，甚至连手艺也算不上。大学四年，她从没表现过雕刻技术，连提也没对人提过。她唯一做过一件事，在最后一个暑假，刻了一个崔大仙跑步的木雕，她原本想将这座木刻送给崔大仙，这是她四年来唯一想对崔大仙做的事，算是一个纪念，也是她对大学四年的一个总结，从此两讫。可是，谁会想到呢，最后还是没有送成。唉。

当梅巴丹整个人沉浸到黄杨木雕里，她才发现，这是一个完全不同的世界，结构不同，纹理不同，思维方式不同，看待世界的角度和方式更是不同。这么说吧，如果说世界是圆的，人生和社会也是由一个个圆搭建而成，那么，黄杨木雕就是一个方形。它是独立于世界而存在的，它不与外部世界为伍，不人云亦云，即使沉默，也是为了坚持自己的声音。从某一个角度说，它的诞生与存在，就是为了向世界证明它的价值，或者换一句话说，它的存在，就是为了告诉世界，除了公认的逻辑之外，应该还有另外的逻辑、不同的逻辑。无论是生活上还是思想认识上。

瓯江江堤的塑胶跑道上多了一个身影。梅巴丹有两套亚瑟仕跑步服，红色和白色，帽子也是这两种颜色。每天东方透出第一缕亮光，梅巴丹便一身轻装从家里出发。天是灰白的，东边的云朵显得特别厚特别黑，云朵后面透出一丝丝压抑的红，那是瓯江的尽头了。街道上几乎没有人，显得空旷又萧条。所有人都像死一般地睡着。梅巴丹跑过马路，跑过一条街道，来到了瓯江边。江水比平时响亮得多，好像它们也睡了一觉，身体里储满了力量，流得更加欢快。梅巴丹调整了一下呼吸，撒开了步伐，身体笔直，微微前倾，手臂有序摆动，向东方飞驰而去。她没有用上全力,也没有觉得需要用上全力。她甚至也没有觉得这是在跑步,只是摆动摆动手臂而已,好像身体里有一个链条,无论哪个部位一动,链条即开始转动,身体不由自主朝前飞驰。梅巴丹每一次跑步都不想停下来,也可以说是停不下来。刚开始两公里,她还能感受到身体的运动,能感受到四肢的配合。三公里之后,她忘记了身体的存在,只听见脚步声。再过不久,脚步声也消失了,只剩下呼吸声。再跑一段路,呼吸声也被瓯江里的潮水吸走了。再跑下去,潮水声悄然退去,也不是退去,而是那声音变成了无边无际的气流,这气流将她托起来,使她飘浮在上面。她飞翔了起来,世界又重新出现了,却变得很小很小,如一粒尘埃。她要忘了这粒尘埃,也要忘记了自己。她这时只有一个念头:一直跑下去,一直跑到海的尽头。当然,现实的情况是,她沿着江堤上的塑胶跑道很快便跑到了尽头,不仅仅是塑胶跑道的尽头,也是路的尽头,再下去便是滩涂,是一眼望不到边的淤泥。她不愿意就此停下来,她要继续飞翔,飞翔到遥远的不可知的地方。可是,她每一次都是在塑胶跑道的尽头落回到现实世界,无可奈何地返身往回跑。这是顺风之旅，可她跑得一点不轻松。她喜欢每天早上顶着风跑，跑向不可预知的未来。这是她每一天的期待，她享受那个过程，需要那个过程，天地间只剩下自己，恍恍惚惚，飘飘荡荡，如痴如醉，如梦如幻，那是多么美妙的感受啊，她多么希望一直停留在那种状态里，她要飘到天的尽头，飘到渺无人烟的地方，或者，就这么一直飘下去，永远不要停下来。

半年之后，父亲在没有任何征兆的情况下离开了梅巴丹。其实不是没有任何征兆，父亲得的是肝癌，他一年之前便知道了，只是没有告诉任何人。他照常工作，照常喝酒，疼起来时，将自己关在房间继续喝。他本来就瘦，无法再瘦了，只是比以前更黑，更沉默。没有人关注到这一点，包括梅巴丹。葛毅倒是有所察觉，有次老师跌坐在工作室地上，他要去扶，老师朝他摆摆手。他问老师哪里不舒服，老师还是摆摆手，没有再搭理他。他想将此事告诉梅巴丹，然而，他刚要开口，梅巴丹已经跑得不见踪影了。

父亲临死前，已经说不出话，梅巴丹坐在他身边，他伸出手臂，向上竖起食指，慢慢断了气。梅巴丹想象不出他最后的动作要表达什么，父亲是个谜，临终之前，又给她留个谜。

父亲死后，梅巴丹拒绝任何人进入梅宅。葛毅开着新买的奥迪TT，每天在院子外停留半个钟头，什么话也没说。刚开始一段时间，梅巴丹依然每天早上去江堤跑步，后来便销声匿迹了。葛毅去文化馆找过她，文化馆的人说好久没见她来上班了。从那以后，葛毅每天来梅宅时，总会带些食物，他将食物放在院子的台阶上。第二天再来，有时食物不见了，有时原封不动，上面爬满密密麻麻的蚂蚁。

半年之后，梅巴丹出现了。那天早上，她开着一辆小汽车，行驶在人来人往的望江路。梅巴丹开车原本不是什么稀奇的事，稀奇的是，她开的是一辆用黄杨木做成的小汽车。最后，梅巴丹的小汽车在一个十字路口被交警拦住了，交警让她出示驾驶证，梅巴丹没有。交警让她出示行驶证，梅巴丹也没有。交警扣留了梅巴丹的小汽车，让她去交警队处理。梅巴丹什么话也没有说，离开小汽车，转身回家，再也没有出来。

又过了半年，梅巴丹骑着一匹黄杨木做的木马出现在望江路。葛毅发现，半年过去，梅巴丹的技术有了质的飞跃，她上次做的小汽车外型像面包，线条也不够流畅，从气质上看，像个刚进城的傻小子。这次的木马完全不同了，外型流畅，细节精致，饱满而结实，富有设计感。最主要的是，木马精神极了，浑身上下散发出七彩光芒，特别是它的眼睛，只要与它对视一下，魂魄立即被吸走。它有一股非凡的魅力，不像人世间应该有的。梅巴丹骑着她的木马，走上了江堤，在江堤上奔驰。半路上，又被上次那个交警拦下了，交警告诉梅巴丹，城市里不准骑马。梅巴丹说，这不是马，是木马。交警说，木马也是马，我得将你的木马扣下来，你去我们交警队一趟，办个手续，将上次那辆小汽车一起开回去。

见交警这么说，梅巴丹下了木马，什么话也没说，转身回去了。

半年后，梅巴丹用黄杨木造了一条小木舟，她坐着这条小木舟，顺着瓯江水一路向东，刚刚进入东海，被一个浪头掀翻了。幸好有一艘渔轮经过，将她捞起来。小木舟一沉下水，了无影踪。

半年以后，一天早晨，天微微明，有人看见梅巴丹骑着一只黄杨木做的大鸟,从家里翩然飞出。那大鸟有桑塔纳汽车那么大,两只翅膀像飞机一样张开来,像老鹰在空中飞翔。看见的人说,那一天,梅巴丹一身白衣,骑在大鸟上,绕信河街上空一圈,然后朝东飞去,再也没有回来。

梅宅的门从那以后再也没有打开过,院里荒草杂生,台阶上爬满青苔,散发出浓重的霉味。

一年后,葛毅出资将梅宅改造成梅巴丹和她父亲的黄杨木雕艺术馆。他以梅派传人身份,自任馆长。

2018年

打渔人吕大力的缉凶生涯

打渔人叫吕大力，住在蛟翔巷，紧挨着瓯江。

吕家从爷爷吕有敬开始打渔为生，在瓯江上兼职捞尸。他捞过甜井巷伍十杖的尸体，将他完整送回家，按照风俗，伍十杖老婆杜小柳给他一个大谢礼。有时捞上来的尸体无人认领，他也不恼，找张破草席，将尸体卷起来，背上景山，埋在乱坟冈。也算功德一件。吕有敬打渔四十余年，捞尸近百具。大家都说他积的阴德多，必定长命百岁，儿孙满堂。谁料到，吕有敬夜里打渔时掉进瓯江，从此无影无踪。吕大力父亲吕一涨也是打渔人，开始在信河街捕捞队，政策放开后，他出来单干。吕一涨扩大了捕捞规模，除了吕大力，又雇了两个湖南人做帮手，手划的小舢板换成了机动船。吕家很快从打渔行业脱颖而出，一个具体标志是原来两层的房子加成了三层，还有一个具体的标志是给吕大力成了亲，娶的是株柏菜市场鱼贩杨宗保的宝贝女儿杨无双，他们家是世交，一家打渔一家卖鱼，门当户对。成亲那天，吕一涨在华侨饭店摆席六十桌，每桌上一条两斤重的野生大黄鱼。那两天，信河街菜市场海鲜近乎绝迹，因为打渔人都去参加吕大力婚宴了，鱼贩子也去参加吕大力婚宴了。吕大力成婚第二天，吕一涨带着两个帮手去瓯江作业，没有叫上吕大力。吕一涨平时对吕大力要求严格，做什么事都盯着他脚后跟，不允许偷一点懒，但吕大力新婚燕尔，只知耕耘，不顾疲劳，折腾了整整一宿。吕一涨当年也是这么过来的，他完全理解年轻人贪恋身体的快活。另外，吕一涨也想早点抱孙子，他思想一松，放了吕大力一马。吕一涨这一趟出去没有再回来，两个帮手将他杀死后，尸体扔进瓯江，卷走所有钱财逃逸。吕大力母亲林小仙知道这个消息后，大喊一声"皇天"，瘫倒在地，昏死过去。吕大力和杨无双急忙打120急救车将她送到信河街医院抢救。

林小仙在医院住了一个礼拜，每天喊吕一涨名字，一边喊一边哭。出院以后，她每天在家里哭，喊叫的声音比在医院更大更凄厉。

吕大力每天去刑侦大队追问案件进展。一个月，两个月，三个月，案件没有丝毫头绪。办案的警察让他在家里等，一有消息就会通知他。吕大力回到家里，林小仙倒是不哭不喊了，一看见吕大力，立即破涕为笑，拉着他的手说："老公，你死哪里去了？"

吕大力说："妈，我是大力。"

林小仙捏捏他鼻子说："你是快当爷爷的人了，还跟我开这种玩笑。"

吕大力说："妈，我真是大力，我爸已经死了。"

林小仙盯着吕大力的脸看了一会儿，突然伸手捆了他一巴掌："你个不孝子，你爸好好的，怎么可以咒他死？他死了对你有什么好处？"

吕大力憋了一肚子火，不敢在刑侦大队里骂警察，也不敢对林小仙发火，只能在肚子里骂自己：他妈的吕大力，你爸让人杀了，这是杀父之仇啊，你却每天跑刑侦大队问个屁的进展，难怪你妈每天扇你耳光，真是活该。停了一下，他又说：有本事你自己去抓凶手啊，凶手是两个大活人，就是两条游进大海的鱼，你也要将他们抓住，这是杀父之仇啊，抓不到凶手你就是混账王八蛋。

有一天，吕大力对杨无双说，他要去缉拿凶手。杨无双说："你去缉拿凶手我当然支持，可人海茫茫，你去哪里抓？"

吕大力说："他们以前是洞庭湖渔民，渔民的生活方式和饮食习惯一辈子都改变不了，他们离不开水和鱼。"

杨无双说："中国这么大，这么多江海湖泊，你这样找，不是大海捞针吗？"

"你说对了，老子要做的就是大海捞针。"吕大力点点头说，"就是大海捞针也比坐在家里等消息强。"

杨无双想了想说："不行啊吕大力，即使让你找到了他们，你一个人也打不过他们两个，他们敢杀你爸，当然也敢杀你。"

吕大力说:"你放心,我不会跟他们打,我用雷管炸死他们两个狗生的。"

"你这么说我更不放心。"杨无双想了想又说,"我不卖鱼了,跟你一起去找,也好有个照应。"

吕大力说:"他妈的,你以为旅游啊,老子是去缉拿凶手,你去凑什么热闹。"

跟杨无双这么说之后,吕大力买来黑火药、导爆线和纸管壳,在卧室里制作雷管。

杨无双把这事告诉鱼贩杨宗保,杨宗保觉得事态严重,万一吕大力有个三长两短,受苦的还是他宝贝女儿杨无双。杨宗保收摊后来到吕家,进了卧室,闻到一股刺鼻的火药味,看见吕大力果然在埋头制作雷管,他把桌上一堆黑火药一点一点装进纸管壳,装一点,用一根细木捶压结实,导爆线埋在纸管壳中央,他做得专心致志,看见岳父大人也没有抬头打招呼。杨宗保知道他脑子钻进死胡同了,决定跟他好好讲一番道理,他对吕大力说:"我理解你的心情,你爸被害我心里也很难受。"

吕大力没有答话。杨宗保继续说:"可是,我觉得你拿雷管去缉拿凶手也不是办法。"

吕大力抬头看了他一眼，又低下头继续装黑火药。杨宗保说："你想想看，凶手已经杀了你爸，这就像做亏了一笔生意。你如果等警察将凶手缉拿归案，将他们就地正法，虽然算不上做了一桩赚钱的买卖，起码两下摊平。可是，如果你拿雷管去炸他们，不管他们有没有被炸死，你都要赔进去，要么你也被炸死，要么你被抓进去坐牢，这样一算，又做亏了一笔生意。"

见吕大力还没有反应，杨宗保接着说："我觉得最合算的做法是把缉拿凶手的事交给警察，你呢，不要再去瓯江捕鱼了，跟我去卖鱼，我不敢说一定比你捕鱼赚得多，至少可以跟捕鱼持平。缉拿凶手和赚钱两不误，你算一算，是不是这个道理？"

吕大力这时抬头看了杨宗保一眼，突然对他笑了一下，说："谁说我要去炸凶手了？我只是做着玩。"

杨宗保身上一哆嗦，赶紧说："这就好，这就好。"

停了一下，吕大力又说："我爸被杀了，我妈疯了，我不能再赔进去了。"

杨宗保密密点头说："对对对，你明白这个道理就好。"

卧室突然静了，只有吕大力用木捶挤压黑火药的声音。吕大力将纸管壳装满黑火药，埋好导爆线，封好封口，又慢悠悠地说了一句："我爸被杀了，我妈疯了，我不能什么事情也不做，是不是？"

吕大力没有跟杨宗保去卖鱼，他对杨无双说："你就是把玉皇大帝搬来也没用，我一定要去缉拿凶手。"

吕大力做出雷管了，接下来是试验。他不能在家里试验，万一将家炸飞了怎么办？他早就想好一个场所了，下半夜，他拿着刚做出来的雷管，一个人跑到江心寺。江心寺是瓯江中一座孤岛，长条形，西尖，东宽，岛的东面有一片江面水流比较平稳。吕大力以前跟吕一涨打渔时，经常在这里捕捞子鲚和刀鲚，信河街有一句谚语说：雁荡香茗茶山梅，江心寺后凤尾鱼。指的是信河街三个地方美食：雁荡山的茶叶雁荡毛峰，茶山的杨梅，还有就是江心寺的凤尾鱼。凤尾鱼是鲚鱼的俗称。鲚鱼是洄游鱼，每年清明至端午这段时间从东海洄游到江心寺后面产卵，肉嫩籽肥，正是捕捞最佳季节。

到了江心寺，吕大力选好位置，将雷管拿出来，点上一根香烟，猛吸几口，然后把导爆线点燃。他看着导爆线发出吃吃吃的声音，导爆线上火花四溅，仿佛火山喷发。他全身发抖，不敢喘气，只想将手中雷管扔掉。可是，随着导爆线燃烧得越短，他觉得身体里的血液沸腾得越厉害，身体犹如一根羽毛，几乎升腾而起。他既害怕又享受，那是一种将自己燃烧起来的感觉，是一种将自己熔化成灰的感觉。这种感觉让他忘记了吕一涨被杀事件，忘记了警察的无动于衷，忘记了林小仙的哭喊和疯癫，忘记了杨无双的关切和无助，忘记了杨宗保的生意经。他忘记了世界的存在，身轻如烟，无忧无虑，甚至忘记了自己的存在。这是多么美妙的时刻啊，他能感觉到身体被炸成无数碎片，飘浮在空中的那种快感。但是，只是一瞬间，导爆线就烧到尽头了，他不得不将手中的雷管用力扔进江中。

随着一声闷响，大地一震，慢慢浮上来几条白色鲹鱼，直挺挺漂在江面上。漂浮的鲹鱼越来越多，一条条排列起来，很快就将江面挤满，一眼望去，江面上一片银白色。银白色将江心寺照亮了，将天空也照亮了，整个世界都是银白色。吕大力也是银白色，他融进那个世界里，消失了。渐渐地，银白色在流动，慢慢散去，随着江流漂走了。世界一点点暗下来，剩下吕大力一个人，他若有所失地走回家。

吕大力在江心寺试验了一段时间。有一次，眼看着导爆线越烧越短，他在心里对自己说：扔吧，快扔吧，他妈的吕大力，再不扔就要炸了，你就要被炸成碎片了。心里另一个声音却说：炸吧，炸吧，快将我的身体炸成碎片吧，他妈的，最好炸成一缕烟，老子早就不想活了。吕大力看着火花吞没了导爆线，他将雷管握得紧紧的，生怕它从手掌心逃走。

可能只是一瞬间，也可能是一段无尽的时间，吕大力听见了爆炸声。同时，他觉得身上某个地方被撕裂了，一阵剧痛袭击了他，或者，他觉得那不是疼痛，而是一种他想念已久的快乐。这种疼痛或者快乐立即吞噬了他，让他失去了知觉，这时，他觉得自己终于化成了一缕青烟。

醒来时，他躺在信河街医院里，他的右手不见了。一阵失落感漫了上来，他不是为失落了一只右手，而是除了右手，其他地方都还完好无缺。他不由地哭出声来。

杨无双安慰他说："不要哭了，只剩一条胳膊也好，你再也不用去缉拿凶手了。"

吕大力果然不哭了，瞪了她一眼说："为什么只剩一条胳膊就不用去缉拿凶手了？"

杨无双说："你现在是个残疾人，谁会要求一个残疾人去为父报仇？"

吕大力骂道："你懂个屁，他们杀了我爸，现在又害老子少了一条胳膊，你说这事能这么算了吗？"

吕大力出院后，继续在卧室做雷管，继续去江心寺炸鲚鱼。当然，鲚鱼的季节很快就过去了，浮上来的鱼很少，有时几乎一条也没有。可这有什么关系呢？

半年后，吕大力成功地炸掉了另一条胳膊，这一次，是他自己走到信河街医院的。杨无双赶到医院，看见吕大力血淋淋的样子，哇地哭出声来，哭了几声，她突然笑起来，看着吕大力说："他妈的吕大力，两条胳膊都没有了，现在看你怎么出去报仇？"

吕大力张了张嘴，没有发出声音。

出院回家时，林小仙看见吕大力，一把拉住他，大叫道："老公，你瘦了？"

吕大力还没有回答，她又用更大的声调叫道："老公，你的手臂呢？"

吕大力蹲下身子说："妈，我的手臂缩回去了。"

林小仙想了一下，问："还会长出来的是吧？"

吕大力点点头说："很快就会长出来的。"

林小仙松了一口气，摸了摸吕大力两个空荡荡的衣袖，也点点头说："我就知道会长出来的。"

吕大力回家第二天，接到刑侦大队的电话，两个凶手抓到了，他们没有回洞庭湖老家，他们依然留在信河街捕鱼，买了一条船，换了一个地方，从瓯江转到东海作业。他们给家里打电话，警察就是通过电话抓到他们。

杨无双将这个消息告诉了她爸杨宗保，杨宗保卖完鱼后赶到吕家，他进了卧室，吕大力看见他就哇哇哇地哭起来："他们为什么要在这个时候抓住凶手？"

杨宗保说："傻孩子，凶手抓住是好事，你爸大仇得报，你哭什么？"

"他们为什么早不抓晚不抓，偏偏这个时候抓住凶手？"吕大力看着杨宗保说，"这两个凶手只能我去抓。必须是我。他们是我的。"

"你说得也有道理。"杨宗保说，"可你总不能叫警察现在放了凶手吧？"

　　杨宗保走后，吕大力想了很久。天黑之后，他又来到江心寺，用脚点了一根香烟，抽了几口后，将香烟插在地上，用嘴从口袋里咬出一个雷管，他伏下身子，将雷管的导爆线点燃，导爆线发出急促的吃吃声，他慢慢蠕动身体站起来。他站直了身体，看着导爆线上火花四溅，火花像飞奔的火球向他的眼睛扑来，火球越来越大，大到遮住了眼睛和整个世界。他闻到火药燃烧后的味道，那个味道让他的身体急速燃烧起来。他飘起来了，化成一缕带着火药气味的青烟，眼前的火球不见了，嘴里的雷管也不见了，自己不见了，整个世界都不见了。他听到有一个声音说:他妈的吕大力，你别松嘴，千万别松嘴。

2018年

每条河流的方向与源头

吴家是信河街望族,信河街历史上第一个文科进士即出自其家族。根据族谱和史志记载,吴家盛产艺术家,自唐以降,仔细查寻历代文化名人的札记和诗词唱和,都能找到他们的身影。这一千多年中,这个家族出过近百位艺术家,有诗人、作家、画家、书法家、戏剧家、舞蹈家等等,代代相传,连绵不绝。有人评论说,吴家是"诗书传家一千年"。这句评论写入历史,可在《万历府志》中得到印证。这是吴家人的荣耀,当然,荣耀有时也是负担。

吴旖旎出生在这个家族,父亲吴西来是瓯剧团团长,得"梅花奖"后,官拜电视台副台长。父亲身兼戏剧家协会主席,信河街每有重大活动,都请他登台。他是瓯剧名角,是文化符号,他一出场,分量就重了,活动档次提上来了。吴旖旎知道,父亲登台演出另有深意,他展示的是家传,是延续,是承担,也是交代。既是对吴家祖上的交代,也是对吴家后辈的示范。

吴旖旎有个哥哥吴起,遗传了吴家艺术基因,自幼学画,后来考进中国美术学院。他开始学的是油画,专攻人物,画得跟照片一样。后来转学国画,突然抽象和虚无起来,人非人,物非物,完全形而上了。美院毕业后,吴起回信河街大学当美术教师,两年后,想辞职去北京当职业画家。母亲不能接受,她说:"在北京当画家,在信河街也可以当画家,有什么两样?"

父亲沉思了一会儿,转头问吴起:"你可想好了?"

吴起点点头说:"想好了。"

父亲说:"你的路你自己走。"

吴旖旎心里清楚,父亲允许吴起任性而为,因为吴起是为了绘画,为了艺术梦想。这当然也是父亲的梦想。

吴旖旎从小在艺术学校读书，大学读播音。父亲对她说："播音挺好，播音也是一门艺术。"

父亲的"也"显得很勉强，带有安慰性质。

大学毕业后，吴旖旎顺利进了信河街电视台新闻部，当上晚间新闻主播。

这是多么光彩夺目的位置啊。下至贩夫走卒，上至政要名流，只要打开电视，每天都能见到闪闪发光的她。对于信河街的人来说，她是非人间的物种，只能用来仰视和膜拜。

她能当上主播，当然跟父亲有关，这一点吴旖旎不否认，是父亲给她提供了契机，父亲是她引路人。但是，吴旖旎能够坐上这个位置，最终靠的是自身本领。她形象好，形象好是个虚词，但在电视台，特别是一个晚间新闻主播主持人，对形象是有明确要求的，如果形象不够好，不要说她是台长的女儿，就是皇帝的女儿也不敢坐到这个位置上呀；第二是她普通话说得准，信河街的人发音有问题，F和H反过来，第二声和第三声不分。吴旖旎没有这个问题，她的普通话标准得像个机器人。而且，她表达顺畅，高山流水，起伏有致。严格说起来，吴旖旎的脸型不算上选，电视的行话叫上镜不上镜，上镜三分大，上镜的脸型都是小小的瓜子脸，行话也叫巴掌脸。吴旖旎的脸属于鸡蛋型，甚至是鸭蛋型，大额头，尖下巴，一巴掌是盖不住的。但是，请记住，吴旖旎是晚间新闻女主持，这档节目的性质决定，女主持人要有一张相对端庄的脸，要给人距离感，同时又有亲切感。吴旖旎就是一张这样的脸。单靠脸当然还不够，吴旖旎做了五年女主播，拿了信河街三个一等奖，省里两个一等奖，一个全国二等奖。吴旖旎对自己播音是满意的，对获得荣誉也是在意的。这五年来，她没出过一次错，连录播都没出过错。吴旖旎知道，并不是她水平比别人高，而是她比别人多做了功课。每次录播前，她要将稿子读五六遍，容易出错的地方用笔做了标注。她不允许自己出错，一次也不行。

吴旖旎成为信河街大明星，最得意的是母亲。母亲池小茶是瓯剧团演员，学花旦，可她是备用角，很少有机会当作主角走上舞台。成了团长夫人后，机会彻底消失了。所以，有一个明星女儿，是对她人生的巨大补偿。她上街买东西，喜欢拉上吴旖旎，甚至上菜场买菜，也要拉上吴旖旎。有人认出吴旖旎,她立即接话说,这是我女儿。吴旖旎对母亲的感情不如父亲深,但母亲有什么要求,尽量满足。她理解母亲的心情。

所有人都以为吴旖旎热爱主播工作,吴旖旎也这么认为。

那年春节刚过,吴旖旎突然对父亲说,她想辞职。父亲看了吴旖旎一眼,问:"难道你也想去北京当职业画家?"

吴旖旎说:"我想开一家咖啡馆。"

父亲感到意外了,瞪大眼睛问:"为什么是咖啡馆?"

停了一下,他接着问:"你不喜欢现在的职业?"

吴旖旎摇了摇头说:"不喜欢。"

父亲问:"既然不喜欢,为什么那么认真?"

"正是因为不喜欢,我才那么认真。"

"我不懂你的意思。"父亲看着她说。

吴旖旎说:"我内心太紧张了,担心做得不够好,担心出错。"

父亲听她这么说,理解似的点点头,停了一下,说:"既然不喜欢当主持人,我帮你换一个岗位。"

吴旖旎摆摆手，说："你做得够多了，这些年来，一直是你牵着我的手走路。"

还没等父亲开口，吴旖旎接着说："接下来我想自己试试。"

父亲说："你想怎么走？"

吴旖旎说："我想开一家咖啡馆。"

"这个不行。"父亲回答得很坚决。

"为什么不行？"

父亲说："我们吴家在信河街没做过生意，我们是'诗书传家一千年'，从我们吴家走出去的人，哪个不是艺术家？"

说完之后，父亲又补充一句："你辞职我不反对，但开咖啡馆没得商量。"

跟父亲那次谈话后，吴旖旎就向单位辞了职。让吴旖旎没有想到的是，母亲赞成她的选择。吴旖旎问她："辞职以后我就不是明星了，你不觉得可惜？"

母亲说："可惜。"

吴旖旎说："辞职后我陪你去菜场没人认出我了，你不觉得可惜？"

母亲点点头说："可惜。"

"可惜，你为什么支持我辞职？"吴旖旎说。

母亲说："我知道你不喜欢当新闻主持人。"

"你是怎么知道的？"

"你是我女儿呀，我当然知道。"

母亲这么说，让吴旖旎很吃惊，她问道："你以前为什么不说？"

母亲白了她一眼，撇撇嘴说："你不问我，为什么要说？"

吴旖旎觉得跟母亲的关系一下子近了，而跟父亲却有了莫名的隔膜。她撒娇似的拉住母亲的手臂说："我还是想开咖啡馆。"

母亲说："想开就开呗。"

吴旖旎说："爸不让开。"

母亲又撇了下嘴，说："他不让你辞职你不是也辞了吗？"

停了一下，母亲看着她，幽幽地说："想干什么你就去干，别像我，一辈子什么事都没做成。"

听了母亲的话，吴旖旎突然有点心酸。

半年后，吴旖旎在望江路开了一家咖啡馆，名叫"皆大欢喜咖啡馆"。

有人问她，为什么起这个名字？吴旖旎说我也说不清楚，就是喜欢这个词。话是这么说，吴旖旎给咖啡馆起这个名字，还是有想法的。她当然知道世上不可能有皆大欢喜的事，她起这个名字，更多的是鼓励和暗示。离开电视台，离开一成不变的生活，从这一天开始，她要过自己的理想生活，不用像以前每天一丝不苟端坐镜头前，用虚假的脸孔面对观众，用一种虚假的声音讲话。从明天开始，她就是吴旖旎，吴旖旎就是她，她想做什么动作，想说什么话，以什么方式说话，或者不想说，都由自己决定。这是一件多么美好的事情啊，于她来讲，是从内到外的欢喜，这不是皆大欢喜嘛。至于为什么要开咖啡馆，完全出于喜欢。她读书时就喜欢喝咖啡，一闻到咖啡香味，身上便有一种酥软的感觉，好像被一个梦想中的男子拥抱在怀里，那男子无影无踪却无处不在，甚至浸透到她身体里，让她产生慵懒的快乐，让她舍不得离开。参加工作后，每天要录播节目，她的精神高度紧张，只能用咖啡缓解压力。一闻到咖啡香味，总会在心里感叹一声，如果一直被这股香味包裹着多好啊，如果永远在这股香味里不用出来多好啊。就在那个时候，她产生了开一家咖啡馆的念头。开一家咖啡馆成了她的梦想。

好了，现在梦想实现了，她离开了电视台，离开让她紧张的镜头，成了一家咖啡馆老板娘。美梦成真，她现在每天被那股香味包裹着。更主要的是，以前那种紧张感消失了，她以前的生活只有录播节目，晚上睡觉前想的是这件事，第二天眼睛一睁开又是这件事。现在不是了。她现在几乎没有事，她聘请了一个懂行的经理，招了六个服务员，咖啡馆里什么事都不用她来做，只要愿意，她可以像个顾客，要一杯她喜欢的咖啡，坐在靠窗位置，一坐一整天。这是多么美好的事啊。她觉得这才是生活的全部。现在回头看，她以前的生活能叫生活吗？她只是一架机器，一架名字叫电视台女主持人的机器，为了那可怜的虚荣，她丢掉了生活，甚至没有了思维——所有的思维和行为都围绕着别人转。而现在呢，她将那台机器丢掉，得到整个世界，这是多么划算的一笔买卖啊。

吴蒳旎在咖啡馆也不是什么事不做,她学会了煮咖啡。去上海培训一个月,回来后摸索一段时间,各种咖啡都能做了。吴蒳旎发现,她做的咖啡顾客并不喜欢,不喜欢是因为她在咖啡里倾注太多偏好,譬如对器皿的偏好,特别是对香料的偏好——她喜欢在咖啡里加入薄荷和玫瑰香料。她知道顾客未必能接受这些香料,可她忍不住想将自认为好的东西推荐给顾客。这可是做生意的大忌。吴蒳旎也知道这一点,干脆将煮咖啡的事交给咖啡师。她做的咖啡自己喝。吴蒳旎另外做的一件事是去寺院参加禅修,只是偶尔去,一半为了好奇,另一半为了安顿左冲右突的内心。在那特殊环境,用特殊形式,寻找片刻安宁,是一种流行。

咖啡馆的生意算不上好,好就不对了嘛,吴蒳旎原本没有赚大钱的打算,略有盈余即可。咖啡馆的投资,一部分是她的积蓄,还有一部分是母亲资助。她没有经济负担。当然,咖啡馆的生意也算不上不好,人来人往,轻声细语,快乐进门,兴尽而去。大家都知道,皆大欢喜咖啡馆老板娘是个名人。很多人慕名而来,想见一见吴蒳旎真身。吴蒳旎不排斥,也不迎合,开门做生意,来的都是客。当然啦,见到她的客人都说她本人比电视上更生动更漂亮,妖娆妩媚,体态风流,一副生机勃勃喷薄欲出的样子。相比之下,电视上的她显得过于端庄和荣华。吴旖旎笑着说,是啊是啊,每个人都有正反两面,你现在见到的是我反面。吴旖旎清楚,每个人不止正反两面,她内心有无数念头涌动,有慈善有悲悯,有正义有光明,更多的是犯罪恶念。她没觉得犯罪的恶念有什么不好,每起这些念头,她反而是愉快的,迫不及待的,跃跃欲试的,身体和精神都充满力量。这也是她参加禅修的原因之一,多少得有个约束啊。她有时会在心里笑骂:吴旖旎你这个贱货,莫非是狐狸精来投胎,反了你了?

母亲偶尔会来咖啡馆。有时路过,有时特意来见她。父亲没来过,好多次路过而不入。吴旖旎知道父亲的态度,她不勉强。不勉强就是吴旖旎的态度,你来我欢迎,你不来我也不强求。

母亲来咖啡馆不是为了喝咖啡,母亲每一次来,不管有人没人,抓住吴旖旎就问她有没有找到男朋友?母亲这么问有她的道理。吴旖旎以前当主持人,每天有人送花约吃饭，花收了，约会没去，母亲问她为什么不去？她说心里只有录播节目，哪有心思找男朋友。这应该是母亲同意她辞职的原因之一，甚至是最大原因。母亲每次来咖啡馆就说，你现在总有心思找男朋友了吧？

吴旖旎现在当然有心思了，但她没有告诉母亲。

目前有两个人在追求她，一个叫陆镜清。吴旖旎跟陆镜清是在一次团市委活动中认识的，吴旖旎是主持，陆镜清是主办方领导。活动结束后，陆镜清要了吴旖旎电话号码。一星期后的周末，吴旖旎接到陆镜清约她去美术馆看现代美术展的电话。吴旖旎之前对陆镜清有所耳闻，跑时政线的记者说他为人谦和而不随意，办事稳重而有力，仕途堪可期待。吴旖旎想答应他去看美术展，但周末刚好有一个直播。陆镜清说没有关系，美术展展期一个月，下个周末再去不迟。第二个周末，陆镜清果然又来电话，吴旖旎跟他去了一趟美术馆。吴旖旎对美术没有兴趣，她从小看哥哥绘画，知道所有的美术作品呈现的是作者对事物和世界的理解。她这次看到的作品跟哥哥的不同，哥哥的表现手法是抽象的、朦胧的，背后有一个主题，有一条纹理，没有直接表达出来，要让观众去猜。而这次美术展的作品是具象的，是一个关于爱情的主题展，表现世间男女在爱情旋涡中的喜怒哀乐愁。那次约会后（如果也算约会的话），陆镜清每个星期打电话约她。有空的时候，吴旖旎也会跟他出去，大多数时间吴旖旎没空。虽然陆镜清没有表白过，吴旖旎心里是明白的，她心里更清楚的是，自己对陆镜清没有谈恋爱的感觉。陆镜清更像一个兄长，能够给她安全感，却没有激情。吴旖旎还有一点不甘心的是，如果和陆镜清正式谈了恋爱，下一步就是结婚，再下一步成为官夫人，随着陆镜清职位上升，她将成为一个越来越大的官夫人。她一眼就望穿了人生。她没有直接拒绝陆镜清，一是陆镜清没有直接表白，二是她内心希望能和陆镜清成为朋友。这几年她和陆镜清就这么有一搭没一搭联系着，没有更进一步，也没有断了联系。

另一个追求她的人叫吕天然。吕天然大学读园艺专业，毕业后在信河街南边一个叫葡萄棚的地方办了花圃，种出的花供应各个花店。他在望江路开了一家门店，距离皆大欢喜咖啡馆不到三百米。吕天然比吴旖旎小两岁，理着杨梅头，晒得像个非洲人，一笑露出白灿灿两排牙齿。他前面两颗门牙特别大,像两扇大门板,一张嘴便暴露无遗,这使他显得比实际年龄小好多。吴旖旎跟吕天然是开咖啡馆后才认识的,吕天然说之前不认识吴旖旎,但吴旖旎不相信,吕天然一说到正经话题,脸上便露出招牌式坏笑——右边眼睛眯起来,右边嘴角微微翘起,那神情好像在说,我说的都是认真的假话,你千万别相信。可他眼睛透露出的纯真又让人相信他说出的每一句话都是真的。吕天然一开始就对吴旖旎表明态度,并发动猛烈攻势。他每天傍晚来吴旖旎咖啡馆,拉她去吃饭,吴旖旎不去他就不走。他专门找僻街小巷的小店,吃小龙虾和水煮鱼,喝啤酒,而且是大口喝。吴旖旎以前读大学时偶尔跟同学去过这种地方,那时经济不允许大吃大喝。工作以后,经济宽裕了,可主持人身份让她不敢来这种地方。她也没有想过来。来了之后,吴旖旎觉得这种地方确实好,好在放松,甚至放肆,不管声调,不管吃相,不管坐姿,不管形象,吃得从外到内通畅,有一种放纵的欢乐。吴旖旎在心里说,我就是要放纵,就是要堕落。我要的就是这种感觉,你管得着吗你?嗯?

真正的问题是,两个男人都不是她想要的。陆镜清过于稳重，稳重得近于呆板。而吕天然却过于轻滑和幼稚，他那似笑非笑的表情，那兔子似的大门牙，让吴旖旎觉得他只是一个贪玩的孩子，可以陪他玩，陪他上床，但吴旖旎不会跟他走进婚姻生活。

那么，吴旖旎到底想要跟谁走进婚姻生活呢？换一句话说，她心目中的男人应该是什么样子的呢？吴旖旎当然知道想要什么，但她知道，穷此一生，也许找不到想要的人。如果找到了，她想她会奋不顾身去追求，明知前面是悬崖也要跳下去。她会的。

吕天然每天傍晚来咖啡馆找吴旖旎，见到吴旖旎便张开双手拥抱，那是真抱啊，一只手臂绕过吴旖旎头颈，另一只穿过她腋下，身体紧紧贴在一起，还不忘在她脸颊亲一下。吴旖旎不排斥这种拥抱和亲吻，她内心甚至期待这种亲昵的动作，只是在大庭广众之下有顾虑而已，所以，每次吕天然要拥抱，她总是下意识将他推开。

吕天然正色道："这是正式的社交礼仪，你没看见动物见面也要抵一抵头吗？何况是人。"

好在时间一久，吴旖旎知道，他对其他女人都这样，对男人也是。所以，每次见面，一见吕天然明目张胆扑过来，她也主动张开双臂。

吴旖旎有时会问自己，这算不算脚踏两条船？她内心立即作出回答，不算，她哪条船都没踏上，陆镜清没有，吕天然更没有。她只是稍稍放纵了一下，难道不行吗？

但是，这样的生活状态并不是她想要的，这样的生活不温不火，半死不活。她要的状态是燃烧，燃烧的生活才叫生活啊。可是，她也不能想燃烧就燃烧，得有引子，得有对象，她一个人对着宇宙燃烧有什么用？有什么意思？现在的问题是，她内心的火苗已点燃，逐渐旺盛，正对着寂寥的世界自焚。

一想到这一点，吴旖旎有一种窒息的绝望。

有一个周末的傍晚，在咖啡馆，吕天然一进来就抱住吴旖旎，亲了右边脸颊又亲左边脸颊，接着又亲一下她脖子。吴旖旎怕痒，脖子最敏感。吕天然一亲，她不由自主发出咯咯咯的笑声，身体扭来扭去。

就在这时，吴旖旎看见陆镜清从门口进来。陆镜清很少不提前打电话直接来找她。吴旖旎看见陆镜清时愣了一下，身体立马清醒了，但她忘了将吕天然推开，也忘了跟陆镜清打招呼。倒是陆镜清很平静地跟她点点头，对她说："我没什么事，顺路过来看看，再见。"

说完之后，陆镜清礼貌地对她挥挥手，转身走出去。

吴旖旎这时才将吕天然推开，朝着陆镜清的背影挥挥手，笑了笑。

接下来一个星期，陆镜清没有给吴旖旎打电话，吴旖旎也没有去电话解释。这事怎么解释呀，越解释越乱。再说了，她根本没想解释。

大约一个月后，吴旖旎得到陆镜清结婚的消息。刚得到消息时，她微微有点失落，这是一种微妙而复杂的情绪，这东西虽然不想要，一旦失去，心里依然会生出一个大空洞，这个大空洞在某个时刻几乎可以吞噬一个人。但吴旖旎更多感到的是惊讶，倒不是惊讶陆镜清对她的放手，而是惊讶陆镜清那么稳重的人，为什么会在结婚这件事上这么草率？不过，吴旖旎很快想明白，陆镜清不可能是草率的人，他这么快跟那女人结婚，或许是在跟她交往的同时，他一直跟那女人保持关系，那女人一直是备选对象。吴旖旎觉得事情肯定是这样的，这才像她认识的陆镜清。

陆镜清结婚后，吴旖旎失去了跟吕天然出去喝酒的兴趣了。吕天然来咖啡馆，她能避就避。吕天然给她打电话，她也不接，如果他多打几个，她干脆关了手机。她找了一个机会，跟吕天然谈了一次，她说："我们做一般朋友可以，但你不是我的结婚对象。"

吕天然说："我知道，但你没有找到结婚对象之前，我有权利追求你。"

吴旖旎说："你这是何苦呢？"

吕天然说："这不是何苦，而是植物生长法则，只要有空间，植物就要长。"

他不肯罢手，吴旖旎拿他没办法，只能尽量躲着他。

吴旖旎是在咖啡馆遇见陈默雷的。那天傍晚，陈默雷和两个朋友来咖啡馆谈生意，那两个朋友中，有一个认识吴旖旎。

吴旖旎第一眼看见陈默雷，好像被电触了一下，身体失去自主能力，眼睛直直地看着他。陈默雷也盯了她一眼，然后将眼神移开。过了一会儿，他又转头来看吴旖旎，见吴旖旎还是瞪着他看，他对吴旖旎咧嘴笑了笑。吴旖旎也想对他笑一笑，她上嘴唇颤抖了几下，看见陈默雷朝她走来，心跳一阵加速，转身跑进包间，呜呜呜地哭起来。

第二天，吴旖旎从昨天带陈默雷来的朋友那里要来他的号码，拨通了陈默雷的手机。

吴旖旎看上陈默雷，出乎所有人意料。在外人看来，陈默雷除了有点钱，实在看不出其他优点。他比吴旖旎整整大十岁，个子不过一米七十，相貌平平，额头有一个不是很明显的疤痕，使他看起来有点粗野和凶狠，或者说，他脸上透露出一种桀骜不驯的气息。

没错，吴旖旎就是被陈默雷身上的气息击中。在她接触过的男人里面，要么过于精致，要么显得幼稚。她已经厌烦了精致和幼稚，她想要的是成熟男人，是成熟中透露出野性的男人。她觉得陈默雷就是这样的男人，是她一直在等待和寻找的男人。她以前不知道要寻找的男人在哪里，现在碰到了，当然不会放手。她兑现了诺言，面对悬崖，一纵身，跳下去了。

她没有告诉父母自己和陈默雷的事。他们不会接受。吴旖旎知道他们的期许和价值观，他们希望她嫁给陆镜清那样的人，可陆镜清不是她想要的人，她要的是陈默雷。这是她的人生，必须由她来选择。她倒是打电话将这事告诉远在北京的哥哥吴起，吴起在电话里问她："你想好了没？"

"我想好了。"吴旖旎在电话这边点点头。

"你不后悔？"

"有什么可后悔的？"吴旖旎问他，"你后悔当初辞职吗？你后悔去北京当专业画家吗？"

吴起说："我没有后悔当初的选择，老实说，我有时会怀疑当初的选择。"

"你怀疑什么？"

"我最近在想，或许人生不仅仅只有一种选择。"停了一下，吴起说，"我有时会想，如果留在信河街，现在会是什么样子？"

"你想回来？"

吴起说："我想过这个问题，还没有最后决定。"

"回来也好。"吴旖旎说。

"是呀，在哪里不能当画家，为什么必须来北京？"吴起马上接着说，"但我没有后悔当初的辞职，更没有后悔来北京，人生只是一个过程，决定了就去做，没有什么好后悔的。"

吴旖旎又点点头说："我明白。"

吴起说："所以说，想好了就去做，别管以后怎么样，更别管他妈的'诗书传家一千年'，如果自己不喜欢，那些都是狗屁。"

跟吴起通过电话后，吴旖旎开始跟陈默雷同居。陈默雷住在新城区一幢别墅里。

陈默雷结过一次婚，有一个十岁的儿子，叫陈酿，离婚后，陈酿归他。陈酿生母在银行上班，是高管，她没有再婚，有时会来看陈酿，也会接陈酿去她家住两天。

陈酿话不多，看见吴旖旎，眯起眼睛笑一下，叫她阿姨。吴旖旎发现，陈酿身上有他父亲的影子，但已没有陈默雷粗野之气，他像一只关在动物园里的麋鹿，温顺乖巧。

陈默雷出差比较多，一去好些天，他将陈酿交给吴旖旎带。陈酿洗澡时，将卫生间的门反锁了。每次换下的短裤，他会洗了晾起来。有时候，吴旖旎将陈酿带到咖啡馆，他会安静地坐在角落里做作业，或者静静地看一本课外书。吴旖旎给他东西吃，他抬头看吴旖旎一眼，说一声谢谢，低头继续做事。

吴旖旎没有问陈默雷在做什么，陈默雷也没有告诉她。她从陈默雷跟别人通电话听出来，他有一家担保公司。陈默雷电话特别多，他手提包里有三部手机，三种不同铃声，一种是海浪声，一种是电话铃声，还有一种设置成歌曲《传奇》。吴旖旎经常听见他手提包里三种声音合唱，或者此起彼伏，煞是热闹。

说起来真是奇怪，吴旖旎以前很讨厌带两部手机的男人，特别土气和炫耀。可是，她觉得陈默雷带三部手机特别帅，他对着手机讲话，像一个元帅指挥军队作战。吴旖旎就是他麾下一名士兵，对她来讲，陈默雷就是将军，不仅在肉体上统治了她，也在精神上统治了她。她看见陈默雷，心里便噗噗乱跳，跳得全身发烫发酥。陈默雷躺在她身边，她身体里的欲望一浪高过一浪。饥渴的欲望，将他一口吞进肚子的欲望。她受不了陈默雷的亲吻，陈默雷一亲吻，她整个人便燃烧起来，飞腾起来，立即化成一缕烟，融进他身体。或者，她渴望陈默雷这时是一股巨大洪流，涌进她身体，弥漫她身体，掩盖她身体，冲垮她身体。包括灵魂。每一次狂风暴雨之后，吴旖旎总是紧紧抱住陈默雷的身体。她已经完全燃烧了，只要一放手，灰飞烟灭，陈默雷和这个世界便化为乌有。想到这一点，她全身颤抖，仿佛到了世界末日。

吴旖旎很快发现陈默雷在外面有女人，这个女人是他担保公司的会计。吴旖旎去过一次担保公司，见过那女人，枯瘦，头发浓密，目光犀利。吴旖旎第一直觉那女人和陈默雷关系非同一般。她看陈默雷时，眼睛射出一股蓝幽幽的强光，她眼神像金刚钻，无坚不摧。吴旖旎后来了解到，那女人有背景，她爷爷是南下干部，当过信河街头头，她父亲也是信河街的领导，陈默雷能开这家担保公司，主要功劳是她。关于陈默雷和那女人的关系，只是吴旖旎的直觉和想象，没有任何证据。可是，这种想象让吴旖旎揪心，让她越发想念陈默雷，越发想占有他。

吴旖旎心慌了，一想起陈默雷和那女人她就手脚发软。她想知道真相，却又害怕知道真相。

有一天，她在咖啡馆碰到吕天然，吕天然看着她说："你脸色不好，是不是有什么事？"

吴旖旎摇了摇头说："没事，可能是昨天晚上没睡好。"

吕天然依然看着她的脸，说："你肯定有事，瞒不过我的。"

"我有事没事关你什么事？"吴旖旎突然发怒道，"你瞎操什么心？"

吕天然脸上出现了招牌式微笑。他不说话，看着吴旖旎。吴旖旎不再看他，喊了一声："滚。"

吕天然说："你怎么说我也不会滚的。"

"你不滚我滚。"说完之后，吴旖旎夺门而出。她觉得自己失态了。

那天陈默雷出差了。吴旖旎回到别墅，安排陈酿吃了饭，检查完作业，让他上床睡觉。她整理完厨房整理餐厅，整理完餐厅整理客厅，整理完客厅整理书房，整理完书房整理客房，整理完客房整理卧室，整理完卧室整理卫生间，直到晚上十二点才上床。可是，吴旖旎睡不着，她有预感，陈默雷肯定跟那女人在一起，一想到他跟那女人在一起，她更加想念陈默雷的身体。她更清醒了。她犹豫要不要给陈默雷打电话，这个犹豫一直拖到凌晨两点，她终于拨了陈默雷的手机。他没接。吴旖旎再拨，他还是没接。接着拨，他依然没接。吴旖旎想停下来，可她发现，一旦拨出第一个，便停不下来了。一直拨到第三十三个，陈默雷终于接了，他的声音睡意蒙眬，又带着恼怒："什么事？"

吴旖旎一时说不出话来。他接着说："没事我就挂了。"

就在陈默雷挂电话那一瞬间，吴旖旎听到电话那头传来一个睡意蒙眬的女人的声音。

这算是坐实了。吴旖旎内心反而安定下来，放下手机沉沉睡去。

三天之后，陈默雷出差回来。那天晚上，陈酿睡觉之后，她和陈默雷坐在床上，她犹豫了很久，终于说："我那天晚上听到女会计的声音了。"

陈默雷点了点头说："是的，我跟陈酿妈妈离婚就是因为她。"

"你为什么不跟她结婚？"

"我不会跟她结婚。"陈默雷摇摇头说，"我跟她只是生意关系和性关系。"

"你会离开她吗？"吴旖旎问。

"不会。"陈默雷很坚决地说，接着又补充一句，"除非她主动离开我。"

"你爱她吗？"

"我也不知道爱不爱她。"陈默雷说。

"那我呢？"吴旖旎看着陈默雷，终于将心里的话问出来，"我和她之间你怎么选？"

"我不会离开她。"陈默雷说。

"我知道了。"吴旖旎点点头。

陈默雷想了一下，说："你也可以选择留在我身边，保持目前的关系。"

"你爱我吗？"吴旖旎问。

"爱跟不爱有什么关系呢？"陈默雷看着她，脸上浮现笑容，"我需要你。"

这么说的时候，陈默雷伸手抱住吴旖旎的肩膀。

吴旖旎内心一阵冷笑。笑话，你把我当什么人了？我留在你身边算什么？我们到底是什么关系？我算什么？连小三都算不上。吴旖旎这时最想做的事就是伸手掴陈默雷一个耳光，然后转身离去。可是，她发现身体根本动不了，陈默雷的手一搭上她身体，她便不由自主燃烧起来，飞腾起来。她管不了，也没办法管。去他妈的什么关系，去他妈的女会计，去他妈的尊严，去他妈的名份，统统去他妈的。她现在需要的只是陈默雷，而这个活生生的陈默雷就在眼前，陈默雷就是她的命。她现在什么也不要，只要陈默雷，拥有了陈默雷，她就拥有了全部。对，是全部加一切，是整个地球，不，是整个宇宙。

她听见内心深处有个微弱的声音，她知道那声音想干什么。但她顾不上了，身体已经燃烧起来。她需要陈默雷，比任何时候都迫切。

陈默雷的手臂往回缩了缩，吴旖旎整个人瘫在他怀里。她闭上了眼睛，在心里说，就这样吧，就这样吧，这是你选择的生活，这是你的命。你这一跳注定粉身碎骨。你心甘情愿的。

从那以后，吴旖旎没有再去担保公司。她知道女会计的存在，只能当作不存在。这不是她要的生活，更不是她要的状态。可生活不由她选择，状态更不由她决定。决定权在陈默雷那里。陈默雷也从不在她面前提起女会计。

这样的日子又过了两年。

有一天，吴旖旎的父母一起来咖啡馆，母亲一看见吴旖旎，先是撇了下嘴，接着就哭起来，她说："你怎么可以做出这样的事，你不觉得丢脸，还要想想你爸，还要想想吴家，你让吴家颜面何存？"

父亲的态度却是出奇平和，他什么话也没有说，只是看着吴旖旎。或许，他内心有更多的话要说，只是没说出来而已。

母亲拉着吴旖旎的手说："过去就算了，从今天起，你搬回家住。这个咖啡馆也不开了，回家去，妈妈做你喜欢吃的菜。"

父亲是第一次来咖啡馆，他东看看西看看。

母亲伸手摸了一下吴旖旎的脸说："做人要有骨气，咱们吴家没有一个是软骨头，你不能让别人在背后说闲话。"

父亲看完了咖啡馆，又坐回到吴旖旎对面的位置。

母亲说："回去，现在就回家去。咖啡馆让你爸来处理。"

吴旖旎挣脱母亲的手，轻轻地说："回不去了。"

母亲说："我今天跟你爸来，就是要带你回去。"

吴旖旎低下头，没有再开口。

沉默的父亲这时开口了，他对母亲说："咱们先回去吧。"

母亲瞪大眼睛看着他说："你怎么了，来时气势汹汹，要吃了女儿，现在不管了？"

父亲拉起母亲的手说："走吧走吧。"

"你说说为什么。"母亲问。

父亲一边拉着母亲往外走，一边说："给她一点时间。"

吴旖旎看着父母拉着手离开咖啡馆。

吕天然早就知道吴旖旎和陈默雷的关系，他见了吴旖旎还像以前一样，又是拥抱又是亲吻。吴旖旎有时跟他开玩笑："吕天然，你找到女朋友没有？"

吕天然说："找到了。"

吴旖旎说："什么时候领来让我看看？"

吕天然看着吴旖旎，说："好哇。"

过几天，吴旖旎又见到吕天然，问"你女朋友呢？"

吕天然脸上立即浮现出招牌式微笑说："我带来了。"

吴旖旎说："在哪里，叫出来我看看。"

吕天然说:"远在天边近在眼前。"

吴旖旎笑了起来,骂道:"吕天然,看我不打破你的狗头,竟敢开我的玩笑。"

第三年,在毫无前兆的情况下,陈默雷带着女会计离开了信河街。有人说他们去了山西,也有人说他们去了意大利。最后,警方发布通告,陈默雷和女会计从香港离境,去了荷兰。

也不能说陈默雷离开信河街毫无前兆,早在半年前,因为全国经济下滑,银行断贷,导致信河街很多企业资金链断裂,企业主负债逃离。陈默雷担保公司最大的几个客户一夜之间消失,如果他们不逃离信河街,等待他们的一定是牢狱之灾。他们出逃也是情理之中,留得青山在,不怕没柴烧。

吴旖旎能够理解陈默雷带着女会计出逃,他说过不会离开女会计,他做到了。当然,如果陈默雷叫她一起走,她也会毫不犹豫跟去。可陈默雷没有叫她,甚至连招呼也没打,带着女会计走了,丢了下她,哦,对了,还有陈酿。

陈默雷出逃一周后,警察将担保公司查封了,同时查封了他的别墅。吴旖旎带着陈酿搬回咖啡馆。她对陈酿说，父亲去国外做生意，将他暂时交给她照看。陈酿点点头，没有多余的话。他平时就是这样，话很少，不知心里到底想些什么。但吴旖旎已经想好，只要陈酿愿意，她会一直带着他。

他们搬回咖啡馆第三天，陈酿生母来找吴旖旎，想将陈酿带回她家。吴旖旎虽然不舍得，但她是陈酿生母，理由充分。可是，如果陈酿离开了她，她身边将再无陈默雷的痕迹。她跟陈酿生母商量，能不能让她多带几天？陈酿生母看看陈酿，陈酿低头不语。她们约定，三天后来接陈酿。

第四天，吴旖旎反悔了，她对陈酿生母说，你不能带他走。陈酿生母说，我知道你对陈酿好，但我是他生母，陈默雷跑路了，我有责任要回儿子。吴旖旎说，我答应陈默雷带陈酿，谁也别想将他从我身边带走。陈酿生母说，陈默雷不要你了，你带着陈酿有意思吗？吴旖旎说，我不管，陈酿以前是陈默雷的，现在是我的。

陈酿生母不愧是银行高管，她不跟吴旖旎啰唆，马上请律师起诉吴旖旎。吴旖旎不甘示弱，立即请律师应诉。律师问吴旖旎，陈默雷离开前有给你委托书吗？吴旖旎说没有，他只是吩咐我带好陈酿。律师说，口头吩咐不能作为证据，这个官司肯定输。吴旖旎说，肯定输我也要打这个官司。

吴旖旎知道这个官司会输，也知道这个官司打得荒唐。可是，她现在只有一个念头：自己已经失去了陈默雷，再也不能没有陈酿。这个念头无边无际，盖过世界上所有事物。包括她的生命。她哪里管得了许多呢？

法院开庭后，将陈酿判给他生母。吴旖旎想过带陈酿逃跑，可她逃到哪里去？吴旖旎上诉到中院，中院维持原判。

看着陈酿被他生母领出门，吴旖旎发现自己真的失去陈默雷了。她想象不出，没有了陈默雷，她的精神怎么办？更主要的是，她的身体怎么办？以后的生活如何继续？她举目茫然，四周岩壁坚硬，冰冷而绝望。

一个月后，吴旖旎将咖啡馆卖了。

她卖掉咖啡馆，母亲最高兴，每天给她煮海鲜。可是，母亲不知道，吴旖旎已经不是以前的吴旖旎了，虽然还是喜欢吃海鲜，却已经吃不出以前的味道。母亲鼓励她出去散散心，不要整天窝在家里。吴旖旎也想出去走走，可去什么地方呢？她哪里也懒得去。身体又软又飘，没有一丝力气。精神也是，看什么都烦，想发脾气，又没力气发脾气。她只想躲在房间里，一个人像空壳一样呆着。

有一天，吴旖旎接到一个电视台老同事电话，她是独身主义者，也是登山爱好者。吴旖旎开了咖啡馆后，她经常光顾，带客人过来。她知道吴旖旎的情况，也知道吴旖旎卖了咖啡馆，问吴旖旎有没有兴趣跟她去登山。吴旖旎想了想，觉得这主意不错，可以远离城市，可以呼吸新鲜空气。

参加之后，吴旖旎才知道登山有一个比较固定的群体，攀登的路线倒是经常变，难度系数越来越高。

吴旖旎很快喜欢上这项运动，在运动中，可以将身体里的东西一点一滴排挤出去。

吴旖旎在登山期间认识了一男一女两个人，女的叫苏一宁，在楠溪江深处开了一家现代私塾，教孩子读书画画。苏一宁打扮得像男孩子，也处处表现得像个男人，在登山途中，只有她帮助队友，绝不让队友帮她。她话很少，更不会主动说别人的不是。如果有人说她的不是，她会立即跳起来反击，甚至冲上去与人拳脚相向。在攀登一座叫白云尖的山时，有天晚上，吴旖旎看见她一个人偷偷躲在一棵大松树背后哭。吴旖旎知道她的性格，不敢过去安慰，只是从那以后，她跟她走得更近了一些。男的叫黄道德，是个房地产商人。他有江湖气，喜欢帮助人，对钱财不计较。可他记仇，谁说了一句他的坏话，他不会直接表现出来，而是记在心里，等待合适时机，或者是一周，或者是一个月，或者更长时间，他会找到一个报复时机，用加倍的量打击对方。

　　吴旖旎后来不再参加登山活动，跟黄道德有关。黄道德在一次登山回来时请大家吃饭，吃完饭后，顺路送她回家。到她家小区后，黄道德伸手来抱，张嘴来亲。抱就抱了，亲也亲了，吴旖旎无可无不可。不该的是，黄道德叫吴旖旎以后跟他，他说他会养她。吴旖旎手里刚好拿着登山杖，她举起登山杖对着黄道德的脑袋一阵乱敲，打得他抱头鼠窜，逃出小区。吴旖旎的登山念头便灭了。

　　不参加登山之后，吴旖旎身上好像有无数条虫子在爬，心里也是，有一天，她突然起意，想去苏一宁的私塾看看。

苏一宁的私塾在一个山岙里，四周青山连绵。私塾前面有一条浅浅溪流，流声潺潺，水清石现。私塾租用一座寺院的别院，曲径通幽，又相对独立。有三排房子，一排做教室，一排住宿，另一排用来开伙吃饭。这是一个小世界，安静，无尘，遗世独立。吴旖旎最喜欢这里的宿舍，只容一床一桌一椅，另辟一个更加小巧的卫生间，但窗明几净，不染尘埃。吴旖旎一见便心生欢喜，她问苏一宁："我能在你这里住几天吗？"

苏一宁说："你想住多久都可以，只怕你耐不住寂寞。"

吴旖旎说："我试试看吧，能住几天算几天。"

她一住就是一个月。苏一宁对她说："既然你喜欢呆在这里，能不能给我们的孩子上播音课？"

吴旖旎想了想，反正也是闲着，给孩子们上课也好。

苏一宁拍了一下手说："太好了，我给你的报酬是免费吃住。"

从那以后，吴旖旎每星期给孩子们上两节播音课，其他时间，她有时上山走走，有时去寺院礼佛，更多时候在宿舍枯坐。可是，即使是在这里，她仍然觉得内心深处有一个东西在蠕动，她不知道那是什么东西，是猛兽还是虫子？但她知道，一旦那东西跳将出来，肯定会一口将她吃掉。那一刻，便是她生命终结之时。

吕天然给她打了很多电话，她没接，后来，她干脆将手机埋在寺院一棵银杏树下。她只告诉母亲自己在什么地方，同时，她交代母亲，不要向任何人透露她的行踪。

私塾有给孩子上绘画课，给孩子们上绘画课的是中央美院油画系毕业的一个学生。吴旖旎没事时，也站在边上看孩子们画油画。

有一天，她突然向那老师讨要了一副工具和画布，将自己关在宿舍，神色慌张地反锁了房门。当她拿起画笔，面对画布，胆怯了，甚至茫然了。她脑子里原来有一个蒙眬想法，那想法像一团飘忽的雾，雾里有一个东西忽隐忽现。她对雾里的东西产生了好奇，有了用绘画方式将它清晰呈现出来的冲动。可是，当她拿起画笔，对着画布，发现脑子里那个若隐若现的东西不见了，连那团飘忽的雾也不见了。

她在房间里关了两天，画布还是一片空白。她一直面对画布，保持着下笔姿势。第三天，她浑身酸痛，喘气急促，身上一阵热一阵冷，热得大汗淋漓，冷得浑身颤抖。她四肢沉重，握画笔的手已经麻木。

吴旖旎心里在挣扎。她想放下手中画笔，可她发现，画笔好似生了根。最主要的是，她内心深处并不想放下手中画笔，她觉得，放下画笔，等于放下所有努力，等于回到那个不堪的过去。她觉得握住画笔似乎握住了某种可能。可现在的问题是，她没有勇气落下第一笔，她无从下手，不知所措，前无光明，后无救兵。面对画布，犹如面对一片无穷无尽的汪洋大海，一抬腿就会被大海吞没。

第四天，她觉得撑不下去了，手和腿要分离，身体要散架，气也要断掉。完蛋了，她心里想，反正是死，不如闭上眼睛往大海里跳。这么想后，她果真闭上眼睛，拿着画笔往画布上跳。她听见噗一声，身体先是一轻，轻得如一缕烟，接着一热，热得立即化为空气，混混沌沌，缥缥缈缈，无形无状，无影无踪。她慌了，睁开眼睛，还好，她在宿舍，眼前的一切都在，画笔在手中，画布在眼前，她在画布的右下角画了一笔绿色。

她心里不再紧张，身体慢慢有了力气，好像脚底下有一股热气冒上来，热气像电池充电一样一格一格漫上来。既然已经画下第一笔，接下来就相对好办，脑子里那团飘忽的雾又出现了，雾里有她要寻找的东西。她不知道那是什么东西，可她不急，一笔画下去，总是接近那东西一步。

吴旖旎这一画便停不下来，她发现，只要坐在画布前，只要拿起画笔，内心深处那个蠕动的东西便不见了。一放下画笔，那东西立即蠕动噬咬起来。

吴旖旎的画笔渐渐由快转慢，慢得前一笔和后一笔之间，时间停止了流动。这并不是深思熟虑的结果，而是她发现，无论画得多快，距离雾团并没有更近一步，好像她进一步，那雾团后退一步，保持着恒定距离。

花了一个月时间，吴旖旎完成了平生第一幅作品。其实，也不存在完成不完成的问题，她不知道自己画的是什么，更不知道什么时候才算结束。她完全可以无穷无尽画下去，直到生命终结。可她突然不想画了，想表达的意思表达完了，虽然她并不知道要表达的是什么。

画完最后一笔，她没有再看一眼，便将作品用牛皮纸包扎起来，塞进床底。

她没有急着画第二幅，而是一个人去爬山。天光出去，黄昏回来，连续爬了三天。接下来几天，她除了上课，便是去隔壁寺院礼佛。

一星期后，她开始创作第二幅画。当第二幅画画到一半时，她突然听到一个声音，这把她吓了一跳。后来才发现是自己的声音，再一听，还有另一个声音，那声音在画布里。她赶紧停下来，画布里的声音也跟着停下来。她开口，画布里的声音也跟着开口，她说一句，画布回应一句，有时甚至是两句和三句。她一停下，一切归于寂静。

画完第二幅后，吴旖旎生了一场病，头重，乏力，无胃口，低烧。苏一宁要带她去医院，她说休息两天就好。她在床上躺了整整十天，病才慢慢退去。

画第三幅时，吴旖旎已跟画布里的声音相处得很好了。她觉得那声音也是画画的一部分。

画第五幅时，吴旖旎已跟那声音融为一体，她常常恍惚起来，不知道是她在画画，还是那声音在画画。

一年后，哥哥吴起从北京回来，知道她住在私塾，带着父母来看她。

他们来时，吴旖旎正在宿舍画画。吴起让她将所有的画拿出来，一共六幅。吴起对着六幅画看了整整一个钟头，扑近看看，又退远看看，眯着眼睛看，也歪着脑袋看，最后，他转头问吴旖旎："你确定没有跟人学过？"

吴旖旎很不好意思地摇摇头。

吴起问："你这些画想表达什么？"

吴旖旎还是摇摇头。

吴起说："你知道你的画好在哪里吗？"

吴旖旎说："我是瞎画的。"

"你的画好就好在瞎画，没有目的，没有道理，表达的只是一种情绪和意境。"吴起停了一下，继续说，"你的画像唐诗，一幅画一首唐诗。"

"你是哄我开心吧？"吴旖旎说。

"我愿意用所有作品换你一幅画。"吴起说。

吴旖旎和吴起讲话时，母亲池小茶也伸头来看画，她没看出个所以然来，撇了撇嘴，但不敢说看不懂。父亲吴西来一句话没有说，他看完画，眼睛转向窗户外的青山，脸上浮现出神秘笑意。母亲靠近他，小声问："你觉得这些画好吗？"

父亲喃喃地说了一句什么。

"你说什么？"母亲问。

父亲没有回答母亲。他脸上的笑意更稠，那笑意似乎是一束光，穿越时空，照射到遥远的天穹，照亮所有的历史灰暗角落。

2017 年

在书之上

估计找不出比王乐天更爱书和懂书的人了。

王乐天是悦乎书店老板。悦乎书店在信河街出名有两个原因:一是品位高——以文史哲书籍为主。这在小城市很罕见;二是老板王乐天爱书。他每天晚上检查被顾客翻阅过的书籍,一本一本看过来,他的眼神,如注视熟睡的儿女般充满温情。凡翘起的书角,他一一用手压平,有污迹处,便用湿毛巾轻轻擦去、晾干。后来,他干脆在书店门口装个洗手池,上面贴了张纸条,用毛笔写了七个字:进门请洗手,谢谢。

王乐天喜欢写作,他写的读书笔记有很大读者群,每一篇读书笔记在信河街日报的钟鼓楼副刊刊登出来,被推荐的书能多卖两百来本。能把文史哲书籍卖成畅销书的数量，是王乐天的本事。

那时的悦乎书店多么热闹啊，王乐天每天早上八点钟开门，有些从郊县赶来的顾客已经排起长队。从开门到晚上十点打烊，店里总是挤满人，肩膀挨着肩膀，臀部顶着臀部，煞是热火朝天。有的人是带着干粮来的，书包或者口袋里装着永嘉麦饼，也可能是温州大包，在店里一待就是一整天。来店里看书的人，王乐天从不轻慢。书店里有桶装的白云山矿泉水，开着热水，饮水机边有纸杯，他贴心并且带点幽默地在饮水机边贴了张纸条，用毛笔写了六个字：欢迎品尝，谢谢。

王乐天注意到一个年轻顾客，是个年轻的老顾客，夏秋穿宽大的T恤，冬春穿宽大的夹克。衣服洗得发白，还算干净。他每次来，选定一本书，低头静静看两个钟头，从头翻到尾，然后将书往衣服里一塞，昂首挺胸走出书店。王乐天观察他很久了，看出他是喜欢书的人，他对书是爱护的，每翻一页书都会轻轻抚摸一下，生怕弄疼对方似的。对于这样的爱书人，王乐天于心不忍当面戳穿，那等于撕了他的脸面，这就有失斯文了。但对方如果一直这么做，王乐天也不能忍受，眼看着自己的书被人偷偷顺走，等于眼看着自己的骨肉被人拐走，每次心疼得要尖叫起来。那一次，王乐天见他又将一本《信河街古塔》的画册塞进衣服，故意很响地咳嗽一声。见他没有反应，王乐天又很响地咳嗽一声。没有想到的是，他居然学着王乐天，很响地咳嗽一声，甚至比王乐天还响。王乐天只好踱到他身边，瞪着他看，以示警告。他转过头，面不改色回瞪了王乐天一眼，然后夹着书，傲然而出。王乐天不甘心就此罢手，跟了出去，跟到街口僻静处，开口说："朋友，请留步。"

他站住，回过头来，看着王乐天说："王老板想请我吃酒？"

王乐天微笑着说："如果大家都像你每次顺走一本，我只能喝西北风。"

他正色道："我是看得上你的书才拿的，你应该感到光荣才对。"

王乐天苦笑着说："你夺人所爱，不是君子所为。"

见王乐天这么说，他咧嘴一笑，伸手掏出怀里的书，晃了晃说："他妈的，我可不是什么君子。"

熟悉后，王乐天知道他叫章小于，曾经是信河街印刷厂校对工人，因为受不了刻板的生活，辞了工作，休业在家。平时喜欢阅读和收藏与信河街有关的文史书籍，他说他最大的心愿是开一家书店，像王乐天一样的书店。王乐天和他成了朋友后才发现，章小于道行很高，信河街文化界的人没有他不熟的，年龄、住址、家庭电话，包括他们的逸闻趣事，如数家珍。他经常去几个文化名耆家串门，连他们午睡几点起床都知道。王乐天恍然大悟，怪不得他平时谈吐不凡，跟有学问的人接触多了，对人对事形成一套看法，境界出来了，非比寻常。可是，章小于来悦乎书店，看见喜欢的书，还是顺手塞进宽大的衣服里面，与他打声招呼，坦然而去。王乐天只好看着他的背影苦笑。

王乐天与钟鼓楼副刊编辑黄公巢是小学同学，虽然从事的职业不同，但两人志趣相投，有话讲，又喜欢喝点小酒，经常约到株柏码头的东海渔村小酌。通过黄公巢又结识了中医师诸葛志，三人成了莫逆之交。

那是一段多么快乐的时光啊，除了进书卖书和读书，他每天都能抽空写上三百来字，三百字一到他立马停笔，多写一个字也不肯。文章煞尾后，先在抽屉里压一压，过一段时间，拿出来润色，确认没有纰漏后再交给黄公巢发表。拿到稿费，积攒起来，寻一个空闲，邀请黄公巢和诸葛志去东海渔村喝小酒，一边慢酌，一边畅谈最近所购之书和阅后心得。人生能过上这样的日子，夫复何求？

事故便是发生在他们三人的一次聚饮之后。王乐天酒后归宿，极易入眠。蒙眬中，他听见老婆呼救声，一骨碌坐起来，凝神片刻，才发现家里着火了。

王乐天家是老房子，木头结构，上下两层。楼下书店，楼上居家。他惊醒后，第一个动作就是冲下楼。书店的火更大，浓烟熏得他睁不开眼睛。他抱着脑袋，打开铁拉门，抱起一捆书籍朝门外跑。前后跑了三趟，只搬出二十四史中的宋史和清史，还想转身冲进去时，书店已变成火海。他这时才想起来，老婆还在楼上。

王乐天老婆得了帕金森症，手脚不便，每天皱着眉头，她觉得开书店不如办皮鞋加工厂赚钱。因为这个话题，两人经常吵架，一吵架，老婆就摔东西，她对书有气，更知道王乐天心疼书，故意摔书出气。王乐天宁愿她动手打他,也不愿她摔书。可她是个病人,他不能对她动手。所以,每一次她要摔书,他就将老婆紧紧抱住。他老婆双手被抱住,张嘴便咬,咬住什么算什么。王乐天脸上经常留下深浅不一的齿痕,就是他老婆的作品。老婆是王乐天的负担。老婆被烧死后,王乐天多多少少松了口气,心里想,再也不用担心书被乱摔,再也不用担心被咬,一个人与书为伴,逍遥自在。可是,王乐天脑子里总是浮现出老婆僵硬的脸,下巴大,脑袋尖,脸色发黄,像个挂在树上的柚子,无声地看着王乐天。当王乐天张嘴要叫时,她的脸却像花瓣一样,一瓣瓣碎裂,消失不见了。

半年后,在黄公巢、诸葛志和章小于的帮助下,悦乎书店在原址重新开业。这段时间里,章小于出力最多。他天天来帮工,搬砖,挑水,扛木头,拌水泥,什么杂活都干。他通常一大早就来,和王乐天一起吃早餐,有时糯米饭,有时鱼丸面。中午跟工地的师傅吃快餐。到了晚上,工人离去,他们就近找一个小酒馆,叫一斤永嘉老酒汗,菜基本是老三样:一盘江蟹生,一盘鸡爪皮,还有一盘花生米。有时老酒汗一斤不够,如果再来半斤,两个人会过量,只能互相搭着肩走出酒馆。房子建好后,为了支持王乐天重新将书店开起来，章小于主动将家里所有藏书卖给王乐天。这些书，有一部分是章小于精心淘来的，有一部分是以前从王乐天书店顺走的。顺走的书，章小于没收王乐天的钱，用他的话说，这是物归原主。精心淘来的书，要每本估价，因为这些都是孤本，市面上很难见到。这些多年以前的老书，定价都很便宜，有的只有两角，甚至有八分的。

书店虽然开起来，原来"肩臀相挨"的场面却再也没出现。生意一日比一日清淡，好像那把火将买书人吓跑了。那场大火成了一个历史标志，是王乐天悦乎书店由盛转衰的标志。或者说，那场大火是一个隐喻，它烧的不仅仅是王乐天的书店，而是整个时代，是一个时代更替的分界线。

王乐天性格也发生了微妙的变化。他对人还是客客气气的，但客气中透着距离，或者说是一种拒绝，让人不能亲近。以前再忙再累，他脸上总是挂着笑容，无论对谁，都会主动打招呼，至少会点个头。书店被烧后，他再没有笑过，即使是书店重新开业那天，他脸上的笑容也是僵硬的。他经常坐在书店里发呆，或者走在人群中突然失神，一动不动站在人流之中。

王乐天有时在书店里坐一整天，没有开口说一句话，有时嘴唇嚅动，也听不清在叨念什么。他眼神越来越深，越来越冷，不时闪出蓝色光芒。脸色渐渐发黑，接近旧书颜色。

几年之后，旧城改造，书店所在的书堂巷被拆迁。王乐天将悦乎书店搬迁到靠着会昌河的水心巷。这地方更偏僻，场地更狭小。

来的顾客更少了。

大势去也！王乐天在心里感叹。他知道，现在大家都在网上购书了，网上的书更多更全更便宜，只要下了单，第二天，快递小哥就会将货送上门来。王乐天心里清楚，实体书店没落是大势所趋，凭他微不足道的个人力量，怎么抵挡得了滚滚而来的历史洪流？他甚至悲哀而肯定地预料到，在这股历史洪流之中，他连一朵浪花也算不上，最多只是无尽泡沫中的一个，一个浪头打来，他就无声地破灭了。谁会在意一个泡沫的破灭呢？

但是，王乐天还是有些微的不甘心，他想作最后的努力，可以说是垂死挣扎吧。或者说也不算垂死挣扎，只是想换一个姿势,让自己死得舒服一些而已。他和章小于商量后,将悦乎书店的定位作了微调。原来书店的特色书籍是文史哲和社科,现在只卖与信河街文史有关的老书。

悦乎书店搬到水心巷后,章小于也搬进王乐天的家。他们在生活中互相照顾,也成了生意搭档。他们做了分工,王乐天负责整理和销售图书,章小于负责收购信河街的文史书籍。

除了文化老人的家,章小于跑得比较多的是机关单位,重点是一些文化单位。章小于知道,文化单位的人多少有收藏书画的嗜好,特别是一些领导干部,喜欢将收集的书画放在办公室,他们办公室都有一大排赭色的楠木书架。如果这些领导安全退休,他们会将书画分批打包带走,或者挑走一些他们认为是上品的书画,其他低价处理给章小于。当然,章小于最喜欢的是"出事"的领导,他在这种领导的办公室,总能从书柜淘到意想不到的好书,甚至淘到过金条、现金、手表和银行卡,不过,章小于会将这些东西交给喊他来的办公室主任,这是他的原则,也是他能够长期跟这些办公室主任打交道的原因。

有一次，章小于接到一个文化单位办公室主任的电话，叫他立即过去。章小于到了那里，才知道这个单位的领导前些天突然得病死了。办公室主任对章小于说，我给你两个钟头，你将办公室的书画清理掉，屁也不能留。我们另一个领导很忌讳死人的，他要求一张纸片也不能留。章小于连声说没问题。他一分钱没花，白得一车书画。

除了文化老人家和文化单位，章小于更多的是走街串巷。信河街有很多收破烂的人，这些收破烂的人各自为政，各有各的地盘，他们互不来往，章小于是他们共同的朋友。章小于本是混迹市井之徒，跟谁都能聊起来，他能跟收破烂的人坐在路边聊一个下午，什么荤话脏话都说，也聊收购经历和经验，聊着聊着，就聊到酒馆里去了。到了酒馆，他跟老板聊经营，聊着聊着，老板高兴了，命令厨师炒一盘螺蛳送给他。厨师端菜上桌，他拉住厨师聊烹调，聊着聊着，他和厨师称兄道弟了，厨师返身入厨房，又给他来一个信河街名菜炸响铃。章小于跟信河街所有收破烂的人约定，他们收到的破烂先送给他，然后再送废品收购站。章小于每天都能在送来的破烂里拣出宝贝。

章小于将这些宝贝源源不断输送给王乐天，他成了王乐天的源头，王乐天成了他努力的动力和方向。两人一天工作下来，晚上炒两三个小菜，喝一斤老酒汗，到了微醺状态，见好就收，第二天起床时，居然对新的一天有了蒙蒙眬眬的期待。

王乐天负责将这些书籍挂到网上销售，他根据不同版本、不同出版时间、不同印数，标上不同价格。王乐天下手有点狠，一本两元的旧书，标价两千。网上有人说他漫天要价，王乐天心里说，他妈的，你爱买不买，不要后悔就行。他太了解读书人心理了，见到想念已久的书，三更半夜也要爬起来买。所以，销售出去的量不是特别多，利润却相当可观。

有一天，王乐天从章小于收购的破烂里整理出一本书，书名《信河街文化史》，著者古月。古月是信河街学界权威，高龄八十，这本书是他的代表作，是他自认可以传世的著作。王乐天从黄公巢编的副刊上拜读过古月的文章，也听黄公巢多次提起他，知道此公最是珍惜名声，金钱利益方面倒是不计较的。

王乐天整理这本书时，并没有觉得有什么特别的地方。这本书他以前卖过，也比较仔细读过，历史跨度长，资料繁杂，古月做了很多考证，是心血之作。最主要的是，这是信河街开天辟地以来第一本完整的文化史，定价一百二十元，确实物超所值。王乐天发现，这是一本古月签名赠送的书，赠送的对象是一位领导。当然，也有可能是别人卖了他的书，让他签了名后赠送给领导。不过有一点是铁定的，确实是他亲笔签名，扉页上有领导名字，下面落款古月，还有时间。那么，现在问题来了，这个领导还活着，还在位置上，这本书是怎么流落到民间的呢？

王乐天对着扉页上的签名，看了足足一顿饭工夫，他拿起电话，将这个消息告诉了黄公巢，他让黄公巢将这个消息转告给古月。黄公巢在电话那头说："我觉得这事还是不告诉古月好，老头心气高，又特别看重这本书，不管是他送领导还是别人买了他的书送给领导，要是知道被领导丢给收破烂的，等于狠狠掴他一巴掌，又在他脸上吐一口痰。他这么大年纪的人，怎么经受得起？"

王乐天说："我也想过你说的问题，可是，你想想，如果你不告诉他，他这本书就会在我的书店和网上挂出来，知道的人更多，对他的名誉更不利。"

"你说的也有道理。"黄公巢想了想说，"要不这样吧，你将这本书卖给我，由我来收藏这本书。"

王乐天说："这书不能卖给你。"

黄公巢说："奇怪了，为什么不能卖给我？"

王乐天说："因为这本书已不是原来的价。"

黄公巢说："你开多少价？"

"五千。"王乐天说。

黄公巢在电话那头吸了一口气，问道："为什么卖这么贵？"

"这不是贵不贵的问题了。"王乐天缓缓说，"我不会卖给你的。这本书只有一个买主，这个人就是古月。对于古月来说，这不是钱的问题，我开价一万，他也会买。因为他买的不是他的书，也不是书里的签名，而是他的名誉。"

黄公巢在电话那头叹了口气，犹豫着说："你这么做，等于将了古月老人一军。"

"我不是故意为难古月老人。"王乐天缓慢而坚决地说,"无论谁的书落到我手里,我都会这么做。"

"你恨写书的人?"黄公巢在电话那头问。

"我不恨写书人,我这么做,只是提醒写书人,他们要爱自己的书,要比爱自己的命还爱。"王乐天说。

"你变了,你跟以前的王乐天判若两人。"黄公巢说。

王乐天立即尖声叫道:"我没有变,我哪里变了?你说说看,我哪里变了?"

"好好好,你没有变。"黄公巢说,"你别急着将古月的书挂到网上,我立即打电话通知他。"

第二天,古月儿子来到悦乎书店。章小于经常去古月家,认识古月儿子,听见王乐天报的价钱后,将他拉到书店后间,说:"能不能便宜一点?"

王乐天看也不看章小于,一口回绝:"不行。"

章小于说:"你开价这么高,我以后怎么好意思进他家门?"

王乐天说:"你不好意思进他家门不关我的事。"

"他妈的,怎么不关你的事?"章小于看着王乐天说,

"你想想看,古月有一屋子的书,他现在这个年纪,能吃几顿饭都数得着了,他一咽气,那一屋子宝贝还不是咱们的?你这大口一开,等于把这扇门堵上了。如果是我,我就拿着这本书亲自送上门去,不会要他一分钱。"

王乐天说:"我们有约在先,找书是你的事,我不干涉。卖书是我的事,你也不能干涉。"

章小于说:"约定是约定,通融一次总行吧?"

王乐天说:"我说五千就五千,没有商量余地。"

章小于被他这么一说,脾气上来了:"他妈的,王乐天,如果你想发财,开什么破书店?你抢劫好了。"

王乐天反而笑了,说:"如果卖破书也能发财,我为什么要去抢劫?"

"他妈的,怪我瞎了眼。"章小于伸手掴自己一巴掌,转身出了后间。

王乐天也跟着来到书店,古月儿子早就等得不耐烦了,他问王乐天可不可以刷卡?王乐天说可以。刷完卡后,王乐天打开用牛皮纸包好的《信河街文化史》,书已经被王乐天擦得跟新的一样,像刚洗了澡的婴儿。

古月儿子从王乐天手中接过《信河街文化史》,来到大街。谁也没有料到的是,他站在街中央,拿出打火机,点了一把火,将那本书烧了。有一段时间,火势凶猛,好像要烧到他身上,他将身子闪了闪,站到风头上。待到那本书烧成灰烬后,他用脚踩了踩,往上面吐了一口痰,头也不回地走了。

王乐天和章小于一直站在书店门口。古月儿子走远后,章小于看着王乐天问:"他妈的,这下你高兴了?"

王乐天没有回答,他转身回到店里,埋头整理其他书籍。

出了古月的事后,章小于有几天没理王乐天。王乐天煮了饭菜,打了老酒汗,打电话给章小于,章小于没接。他又发来信息,章小于看了一眼,此时,他正跟收破烂的朋友在路边的排档喝酒,他将手机塞进口袋,没头没脑地说一句,他妈的,让他吃屎去吧。他的朋友也跟着说,对,让他吃屎去吧,咱们喝酒。

章小于依然每天在外面收购旧书,一有所得,运回悦乎书店。到了那个月的最后一天下午,他掏出本子,上面记录着他这个月收购来的旧书,用一副公事公办的口气对王乐天说:"咱们将这个月的账结一下。"

王乐天愣了一下，随即咧嘴一笑，说："好。"

王乐天知道章小于对他的重要性，章小于肯定也知道这一点。他们是鱼和水的关系，他现在离不开章小于，章小于也离不开他。他们的命运是捆绑在一起的。

但是，王乐天发现，发生了古月的事情后，黄公巢再没有来书店。是的，黄公巢有好几个月没有来悦乎书店了，他以前每周都会来坐坐，或者下班特意绕过来看一下，跟王乐天打个招呼。

大约三个月后，王乐天给黄公巢打了一个电话，约他去东海渔村喝酒，黄公巢说自己有事。他没说具体什么事，王乐天听得出来，他口气冷淡，没有一句客气的话，推辞的意图很明显。

挂了电话，王乐天又给诸葛志打了一个电话，诸葛志倒是偶尔会来他书店看看旧书，他本就来得少。诸葛志也说自己有事，在电话那头表示感谢。王乐天听不出诸葛志态度的变化，因为诸葛志的态度和他讲话的口气一样，总是慢条斯理，总是不温不火，无论什么事情到了他这里，好像进了一个巨大雾团，看不出头绪的。

好吧，不管他们是真有事还是假有事，王乐天去菜场买了一个江蟹做江蟹生,再去熟食摊买了鸡爪皮和花生米,有这三个菜,再有一斤老酒汗,他还有他妈的什么日子过不下去?文章写不写有什么关系(自从书店被烧,王乐天没有再动过笔)?章小于回不回来吃有什么关系?黄公巢和诸葛志做不做他的朋友有什么关系?东海渔村去不去有什么关系?一切都是云烟,一切都不在话下。去!

王乐天发现自己更享受独酌的状态。特别是章小于不跟他吃饭和喝酒后,每晚店门一关,世界只剩下他一个人。酒过一半,眼前的世界异常地清晰而蒙眬起来。王乐天夹一粒花生米塞进嘴里,再咪一口老酒汗,然后举目四望。他看见,四周浮现出他老婆的脸,下巴大,脑袋尖,脸色发黄,像个挂在树上的柚子。那些脸无声地看着他。当王乐天张嘴要叫她名字时,她的脸却像花瓣一样,一瓣瓣碎裂,消失不见。王乐天觉得眼眶发热,有一股热流涌出来。他闭上眼睛,仰起了头,将手中一杯淡黄色的液体倒进喉咙,身体不由自主地抽搐了两下。

那一天,王乐天在整理章小于收购回来的旧书时,发现了一本黄公巢的诗集《跋涉录》。王乐天对这本书并不陌生,这本书定价三十元,刚出版时,黄公巢曾签名赠送过他。他也曾写文章向读者推荐过,称这是一本"大地脚印之书",能够引发读者思考和触痛读者的一本书。王乐天一边用手轻轻摩挲绿色的书皮,他发现自己双手在微微地颤抖。

王乐天将书皮擦拭干净,拍照之后,以一元的价格挂到网上。一周之后,他打电话给黄公巢,黄公巢在电话那头什么话也没有说。十分钟后,黄公巢出现在悦乎书店。他将一元钱恭恭敬敬递给王乐天,接过书后,哈哈哈大笑三声,转身出门。刚到门口,哇地一声,黄公巢嘴里喷出一条红色水柱,他没有停下脚步,摇摇晃晃出了悦乎书店。

章小于知道这事后,在那个月底,跟王乐天结清了所有账目,他对王乐天说:"两讫了,从今往后,你走你的路,我过我的桥,咱们互不干涉。"

王乐天笑笑,没有开口挽留。

章小于离开悦乎书店,经过三个月筹备,在水心巷开了一家旧书铺,取名小于书肆,专门卖古旧书籍。两家书店距离不过三百米。

王乐天去菜场都要经过书肆，但他每次绕着走。

悦乎书店成了断水的枯井，生意更加凋零。王乐天喝酒的时间拉长了，他从早上起床开始喝第一口酒，到晚上睡觉前喝最后一口酒。酒成了他唯一的食物。他的酒量大大地提高了，从以前一斤加到两斤。其实也不能叫提高，自从章小于搬出去后，王乐天便没有清醒过，他每天都是混混沌沌的，眼睛一直眯着，嘴唇和手一直在颤抖，嘴里念念有词，谁也听不明白他在说些什么。

每一天，王乐天都喝到不省人事，次日醒来，不知身在何处。

又过了半年，那晚水心巷停电，据说是变压器烧了。夜里十二点，悦乎书店突然起火。好在消防队来得快，书店刚好在会昌河边，消防队一边用水枪灭火，一边冲进去救人。他们冲进去时，看见王乐天坐在酒桌边，一动没动。消防队员去拉他，居然没有拉动。两个消防队员将他连椅子抬出来，他保持着姿势坐在书店对面，眼睛盯着书店里渐渐熄灭的火焰，没有发出任何声音。

这一场火几乎烧光了悦乎书店里的书籍，没有烧掉的，也被水浇得变了型，书店已成废墟。第二天，大家发现，王乐天像一桩木炭坐在废墟里，他连头发都被烧焦了，身上的衣服烧出许多洞。他一手紧紧攥着一瓶老酒汗，一手握着一个杯子，瓶子和杯子已空。他一直保持着这一成不变的姿势，好在他的呼吸是正常的，大家才没有将他送到医院去。

  王乐天在废墟上坐了一天一夜。第二天清晨，章小于来到废墟，他什么话也没有讲，将王乐天背到背上。王乐天没有反抗，他紧紧抱住章小于的脖子，两个人慢慢朝小于书肆的方向而去。

2016年

酒

瓯江源自龙泉,蜿蜒八百余里,流经处州、青田等地,抵达信河街。再往下便是东海龙王敖广的地盘了。

信河街地稀人稠,这里的人各自怀揣一身手艺,肩挑手提,穿州过府,为了是讨一口饭吃。

有人统计,这里手艺人有一百八十多种:制笔客、磨刀客、补锅客、阉猪客、风水先生、剃头老司、弹棉郎、修鞋匠、拳头师傅、道士、和尚、斋公、圆木老司、雕花老司、泥水匠、漆匠,等等等等。

信河街有七十二条半巷,其中有一条叫甜井巷。这条巷有一口井,井水不甜,做出来的酒却比别处香。甜井巷出白酒,最有名的叫老酒汗。

信河街喝酒的人都知道，伍一舟做的老酒汗天下无双。

伍一舟的父亲叫伍十杖。伍十杖不做酒，他做酒曲，做好挑到瓯江上游青田叫卖。伍十杖可以坐帆船去青田，也可以坐竹筏去，坐帆船和竹筏要花钱，伍十杖多么希望拥有一艘帆船或者一架竹筏啊，这样，他的肩头和双腿就不用那么酸肿了。可是，伍十杖卖了一辈子酒曲，没有买成帆船或者竹筏。还好，老婆杜小柳给他生了个儿子，伍十杖读过两年私塾，断文识字，他拍了一下儿子粉嫩的屁股说，他妈的，就叫伍一舟吧。

伍十杖每次到青田，白天挑着酒曲走街串巷叫卖，夜里到一个叫卢自梅的女人家里落脚。

每晚回来，卢自梅早早把酒备好，还有他喜欢的下酒菜：猪耳朵和花生米。伍十杖一喝就是一个晚上，停不下来，即使大水冲进家里也不能让他放下酒杯。他平时喜欢哼唱瓯剧，"江心寺前盟誓尤在，要江心樟抱古榕不离分。"喝了酒后，伍十杖不唱了，也不说话，只是咧着嘴，无声地笑。酒喝得越多，嘴巴咧得越大。伍十杖越喝越慢，其实是睡着了，如果有人叫他，或者听见老鼠爬过,眼皮弹开,举起酒杯。没人叫或者没有动静,他闭着眼睛,身体左右缓慢晃动二十下,接着换前后晃动,不多不少,也是二十下,眼皮弹开,继续举杯。

第二天早上去卖酒曲,伍十杖挑着担子晃来晃去,好像随时会摔倒,却总是不摔倒。他的样子看上去有点迷糊,算账却一点不会错。

卢自梅女儿十一岁那一年,老公夏舱回来了。

伍十杖还在这里落脚。

伍十杖白天出去卖酒曲,夏舱夜里陪他喝酒。伍十杖卖了三天,夏舱陪他喝了三夜。夏舱告诉伍十杖,他在意大利站稳脚跟了,这次回来接卢自梅他们。伍十杖说,这是天大的好事啊,这几年辛苦卢自梅了,应该让她出去享享福。夏舱说,是啊是啊,没有你的接济,卢自梅他们这几年不知能不能熬得过来。伍十杖说,我来了净给卢自梅添麻烦。

第四天凌晨,伍十杖喝完酒,挑着担子离开了青田。

这天凌晨从青田出来后,伍十杖并没有回家,三天后,渔夫吕有敬从瓯江捞上一具尸体。吕有敬住在蛟翔巷,认识做酒曲的伍十杖,把他送回家。

杜小柳看着直挺挺躺在门板上的伍十杖，叹了口气，平静地说："谁叫你喝那么多酒呢，我说过，总有一天会死在酒上的，你不信。"

过了一会儿，杜小柳又说："你狠心撇下我，可我不能狠心撇下伍一舟，他才十一岁呀，我一走，这个家就灭了。"

从那以后，杜小柳接过伍十杖的班，做起了酒曲，做完之后，挑到青田卖。

伍一舟十八岁那一年，杜小柳让他挑酒曲去青田卖，她对伍一舟说："儿子，从今天起，所有的路要你自己走。"

伍一舟说："我能走，我能跳，我还能飞呢。"

杜小柳说："我唯一遗憾的是没能给你娶一房老婆。"

伍一舟说："你放心，老婆我自己会娶。"

杜小柳说："记住我的话，什么都可以碰，酒不能碰。"

伍一舟说："我记住了，我爸就是喝醉酒后掉瓯江淹死的。"

杜小柳说："记住就好，你去吧，我等你回来。"

三天后，伍一舟从青田回来，杜小柳穿着整齐的寿衣，笔直躺在床上，身体像冬天的冰块。伍一舟在杜小柳床前枯坐半个钟头,起身去街上打了两斤白酒,回来后,当着杜小柳的面,一口一口地喝。开始只有他的喝酒声,半斤下去,喘气声粗起来。一斤下去,伍一舟从站变成坐。开始他只是用鼻子哼哼,哼着哼着,换成嘴巴哼。一斤半下去,身子已半靠在墙壁上,嘴巴吟唱着戏文调子,没有词。两斤喝光后,他已直挺挺躺在地上,吟唱声音越来越高,这时,调子还是那个调子,词却有了。

伍一舟开句唱道:"哎呀,世间做人千般苦,我比黄连苦三分。"

这是一个过门,接下来是:"混沌初开盘古天,一治一乱不一王,哎呀,小生姓伍名一舟,信河街人氏。十一岁那年父亲溺亡,母亲将我拉扯大。一十八岁我初长成,回头正想报母恩。出门在外想母亲,母亲却狠心抛下儿。哎呀,天下苦命的人千千万,哪个比我苦一分?哎呀,天呀天……"

调子是现成的,词是新编的。他想到哪里唱到哪里。伍一舟整整唱了一个晚上,天亮时沉沉睡去。

从那以后,伍一舟正式继承起伍十杖衣钵。

伍一舟每月去一趟青田,落脚在一个潘姓人家,早出晚归，离开时付账。

潘家有一个女儿，名金花，比伍一舟小两岁。潘金花大眼睛厚嘴唇，唇红齿白，身板宽阔，走路有风，一条辫子又黑又粗，看人眼睛一闪一闪。

伍一舟在潘家住了三年，潘家觉得他勤劳朴实，想把潘金花许给他。

潘家找了媒人，让媒人跟伍一舟说。伍一舟对媒人说，我无父无母，付不起聘礼。潘家倒是大方，他们说看中的是伍一舟这个人，聘礼也不要了，白送女儿给他，只要他对女儿好就行。

伍一舟白得一个老婆。洞房当晚，他用绳子将潘金花像捆螳螂一样捆个结实，用竹鞭子抽她屁股，抽得潘金花杀猪一样哇哇大叫，直到求饶为止。

婚后第三天，有人笑嘻嘻跑来告诉潘金花，伍一舟喝醉了，躺在甜井旁唱"唐诗"。潘金花以为那人拿她这个新娘开玩笑，没有理会。过了一会儿，一个若有若无的声音飘进耳朵，她听出那是伍一舟的声音，调子却很陌生。

潘金花前去看个究竟。她还没到甜井，看见甜井边围着一群人，人群里传出伍一舟的声音，潘金花现在听真切了，不是伍一舟是谁？她透过人群的脚缝看过去，伍一舟四脚朝天躺在地上。有人看见她过来，哦哦起哄。有人对伍一舟说，你老婆潘金花来了。伍一舟的声音被刀切断一样，一骨碌爬起来，拨开人群就跑，一会儿就没了影。那天晚上，伍一舟没回家。潘金花担心他掉进瓯江里淹死，她去瓯江边找，没有伍一舟的踪迹。

第二天早上，潘金花在家门口发现熟睡的伍一舟，叫醒他，问他昨天的事，他居然一点不记得了，不但不记得，又把潘金花捆绑起来，用竹鞭狠狠抽了她一顿屁股，抽得潘金花叫哑了嗓子，流干了眼泪。

潘金花发现，伍一舟每喝必醉，谁也拉不住，一醉就唱"唐诗"。所谓"唐诗"就是他的故事，从他父亲伍十杖唱起，唱到母亲杜小柳，再唱他自己，最后唱到潘金花身上。潘金花没想到伍一舟口才那么好，一句接一句，都押韵的。酒醉的伍一舟仿佛邪魔附体，可以躺在地上唱一整个晚上，没人拦得住他，谁拦他打谁。酒醉后，伍一舟力气比平时大好几倍，下手重，他打过两个人，一个肋骨断了三根，一个右手脱臼。再没人敢跟他动手了,大人小孩远远地围观。倒也相安无事。

酒醉当晚,潘金花能够听到他的声音,却见不到他的人。第二天一早,必定能在门外发现熟睡的伍一舟。潘金花叫醒他,他反问潘金花,我怎么在这里?潘金花如果说他喝醉酒,肯定又会被捆绑起来用竹鞭抽屁股。

与潘金花成婚后,伍一舟开始做老酒汗,没人知道他做酒技术从哪里学来,他也不说。他做的老酒汗跟别人不一样,色香味都不同。别人做出的老酒汗看上去像泉水,白,透明,倒进杯里有酒花冒上来;伍一舟的老酒汗颜色微黄,倒进杯里,杯底升上一股水雾。别人的老酒汗微微有米饭烧焦的香味;伍一舟的老酒汗闻着有一股鱼腌臭,入口后却是鲜甜满嘴。别人的老酒汗入口后,酒气往天灵盖冲,头发要竖起来;伍一舟的老酒汗入口,酒气乱闯,全身上下兵荒马乱。还有一点,别人家做出来的老酒汗最高六十四度,伍一舟可以做到六十五度。

政府成立江心屿国营酒厂后,将甜井巷做酒曲和酒的人统统招纳进去,伍一舟摇身一变,成了工人。

伍一舟当上工人后,偷偷在家里做老酒汗,不是为了拿出去卖，而是给自己喝。酒厂也做老酒汗，可他只喝自己做的老酒汗。潘金花劝他别做，如果让人知道要抓去坐牢。伍一舟说，你不说我不说，这事只有天知地知。潘金花说，我可以保证不说出去，你能保证吗？伍一舟说，我能保证。潘金花又问，如果你喝醉能保证不唱"唐诗"吗？伍一舟愣了一下。

潘金花问他不喝行不行？不吃饭会饿死，不喝酒不会被酒虫咬死。伍一舟很肯定地说不行。潘金花问他为什么不行？伍一舟说他也不知道，只是想喝酒，想唱"唐诗"，喝过唱过，身体和灵魂就轻松了。如果不喝不唱，身体越来越重，灵魂出窍，生不如死。

潘金花不再问了，她突然发现一点也不了解这个跟自己睡在一个被窝的男人，不了解他的身体，更不了解他的灵魂。

伍一舟对自己没有把握，喝醉酒前让潘金花将他用绳子捆绑起来，最后用布条将他的嘴巴封起来。这倒符合潘金花心意，她每一次将伍一舟捆绑起来后，就拿竹鞭抽他屁股，伍一舟以前抽她有多狠，她加倍奉还。伍一舟被抽得在地上滚来滚去，可他嘴巴被封，只能发出低沉的呜呜声。潘金花心里不由生出一阵阵快意,甚至有一种尿裤子的感觉。

伍一舟的腿脚被捆绑住了,嘴巴也被封住了,可是,他和潘金花都忽略了一点,酒气是绑不住封不住的。整个甜井巷的邻居都知道伍一舟在家做私酒。当工商和公安的人冲进他们家时,伍一舟和潘金花一点思想准备也没有。伍一舟唯一知道的是,这个时候,潘金花刚刚怀上孩子,反应很厉害,吃什么都吐。

伍一舟在信河街看守所关了三个月后,被押解到青海劳改。

劳改农场领导知道伍一舟会做老酒汗,决定给他悔过自新的机会。这本来是一个美差,不用像其他劳改犯一样做苦力,做出酒来,他也可以喝一点,谁会阻止做酒老司尝一尝自己做出来的酒呢?可是,伍一舟对劳改农场的领导说,我是因为做酒才被劳改的,说明我做酒是犯法的,既然犯法,我不能做。劳改农场领导说,你做酒被劳改,因为你做的是私酒,拿出去卖,是投机倒把,是犯罪。在这里做酒不一样,是任务,光荣的任务。伍一舟说,我做给自己喝,没有拿出去卖。劳改农场领导说，你做给自己喝也是犯罪，谁批准你做酒喝了？伍一舟说，没有人批准，我做酒自己喝为什么要别人批准？劳改农场领导说，没有批准就是犯罪，就是要来我这里劳改。伍一舟说，你一定要我做老酒汗也可以，必须先撤销我的劳改。劳改农场领导说，他妈的，你有什么资格讨价还价，老子是看得起你才给你这个任务，你愿意做得做，不愿意做也得做。伍一舟说，不撤销我的劳改我就不做。

伍一舟没有做老酒汗。他下了决心，如果再做老酒汗就将自己双手剁了。

伍一舟被派去开山挖石头。这是农场最危险的活，开山用的是炸药，行话叫"放炮"，炮一响，巨石满天乱飞，小的像米粒，大的如房屋，炸死人是经常的。

"放炮"第一天，伍一舟就知道自己活着回到信河街的可能性很小，他挂念潘金花肚子里的孩子。他如果死了，潘金花可以再嫁，最可怜的是孩子，再也没有父亲。伍一舟在心里想，为了孩子，他要活着回信河街。

一次"放炮"，伍一舟躲在土堆后面，炮响过后，他抬头看见一个黑点从天上射下来，他把右腿伸了出去。

上天有眼，那个碗口大的石头不偏不斜，正好砸在他的小腿上，他身体一震，咧开大嘴，发出一阵声音，既像哭声又像笑声。

成了瘸子后，农场领导问他，你这下总该老实了吧？没想到，伍一舟脖子一歪，说，要我做老酒汗也行，先撤销我的劳改。农场领导不再说话，因为他腿瘸了，走动不方便，不能开山放炮，便派他开垦，虽然开垦也是苦活，可总比被石头砸死强。

伍一舟在青海劳改了二十年，没喝过一滴老酒汗。他下了决心，这辈子不会再喝一口老酒汗，就是饿死也不喝了。

伍一舟被无罪释放那一天，去问劳改农场领导，既然无罪，当年为什么要判我来劳改？农场领导早就换了，这个领导态度很好，他笑着让伍一舟回去问信河街的领导。当年抓他和判他都是信河街的事，劳改农场只负责接收和改造犯人。伍一舟说，你们说抓就抓，说无罪就无罪，如果我这些年死在农场怎么办？领导说，话也可以反过来说，你看看，跟你一起开山放炮的犯人现在还有一个活着没有？你如果不是炸瘸了一条腿，现在肯定是一堆骨灰。伍一舟见他这么说，回头想了一下，果然，当年和他一起被派去开山挖石头的劳改犯，只有他一个人还活着。这么一想，伍一舟给他鞠了一个躬。领导说，鞠躬就免了，听说你老酒汗做得好，能不能给我做一次？伍一舟摇摇头说，别的都可以商量，惟独这事不行，我下辈子也不会再做老酒汗了。

这二十年来，伍一舟与潘金花断了音讯。他给潘金花写过信，信件石沉大海。伍一舟觉得奇怪的是，在青海劳改这些年，居然不大挂念潘金花，连潘金花的身体也不挂念，他挂念的是潘金花肚子里的孩子，不知是男是女？现在应该跟他一样高了吧？可他（或者她）还不认识他这个父亲呢。他每次写信给潘金花都问这个问题，潘金花一封信也没回。

伍一舟先坐长途客车到西宁，再坐火车到金华，然后坐长途客车回到信河街。

他进了甜井巷，进了自己家的道坦，闻到一股老酒汗的味道，进了家门，看见潘金花正在做老酒汗。潘金花已经变成老妇人，满头白发，勾着腰。伍一舟开口叫了一声潘金花，她抬头看了伍一舟一眼，咧嘴一笑。潘金花不笑还好，一笑，露出两排乌黑的牙齿。伍一舟觉得潘金花的笑容里隐藏着不一样的东西。

伍一舟用眼睛打量了整个家，没有见到他挂念的儿子或者女儿，正要开口询问，正在做老酒汗的潘金花抬头又是对他咧嘴一笑。伍一舟身体打了一个寒战，他突然觉得这个家的气氛有点不对，每一个角落似乎都隐藏着秘密，有无数双眼睛在暗处打探着他。

潘金花站起来，打了一碗酒，对伍一舟说："你来啦，先喝一碗酒暖暖身子。"

伍一舟心里一惊，这哪里是潘金花的声音？潘金花几时这么温柔过？他看着潘金花的眼睛说："我已经戒了。"

潘金花的目光跟他对了一下，马上躲开，又咧嘴一笑说："你骗人。"

伍一舟说："真的，我在青海劳改时戒了酒。"

潘金花脸上的颜色突然变青，端着酒碗的手颤抖了一下，眼睛直直盯着伍一舟，厉声问道："你是谁？"

伍一舟一手握住潘金花端酒碗的手，看着她说："我是伍一舟，我回来了。"

潘金花身体抖了一下，挣开伍一舟的手，突然咧嘴一笑说："你骗不了我的。"

伍一舟去拉潘金花的手，说："是真的，你摸一摸，我是伍一舟，我从青海劳改农场回来了。"

潘金花的眼睛空洞地看了他一会儿，突然哇地一声叫起来，丢掉手里的酒碗，嘴里大喊"妈呀，鬼啊"，转身就跑。

当伍一舟一瘸一拐追到道坦，潘金花早已不见踪影。

伍一舟退回家里，再一次打量这个家，确定这是他离开前的家，结构没有变，可是，又觉得这不是他离开前的家，颜色变了，又黑又旧，到处是灰尘和苍蝇屎。气味也变了，除了酒气，就是刺鼻的霉臭，没有一点人气。

伍一舟闻出来，潘金花老酒汗做得不好，很不好，她做焦了，老酒汗最忌讳焦，一焦就没得救了。可是，她为什么要做老酒汗呢？她做出这样的老酒汗卖给谁呢？伍一舟还有更大的疑问：孩子呢？他们的孩子去哪里了？还有，潘金花的牙齿为什么变得乌黑？为什么认不出他？这些年到底发生了什么事？伍一舟抬头看看这个家，四壁空空，他想不出这二十年潘金花是怎么过来的。

二十年没有回信河街了,伍一舟到街上走了一趟,街上跟劳改前几乎没有变化,还是一样陈旧。街上多了很多他不认识的年轻人,也有一些老人似曾相识,但他们似乎不认识伍一舟了。

江心屿国营酒厂还在,伍一舟走到门口,犹豫了一下,还是走开了。

回到家,伍一舟看见潘金花正坐在餐桌边喝酒,餐桌上有一壶酒,两个黑糊糊的碗,没有菜。伍一舟闻出来,她喝的就是她做的老酒汗。伍一舟也看出来,潘金花已经喝了不少,眼睛全红了。在伍一舟的记忆中,潘金花滴酒不沾。他们结婚同房前,要喝交杯酒,潘金花的嘴唇只是打个湿,就被辣得跳了起来,喝了两壶凉水,吐了半夜口水。信河街人烧菜习惯用黄酒,几乎把黄酒当水来用,但潘金花烧菜从来不用黄酒。

伍一舟进来后,潘金花盯着他看了一会儿,咧嘴一笑,将餐桌上的另一个碗倒满酒,大着舌头说:"你来……啦,先喝一碗酒暖……暖……身……子。"

伍一舟慢慢走过去,在潘金花对面坐下,眼睛一眨不眨看着她。

潘金花晃了晃脑袋，又是咧嘴一笑，将酒碗往伍一舟这边推了推，说："这……酒是我做给自己喝的，你尝……一……尝。"

伍一舟端起酒碗，假装喝了一口。潘金花问他："味……道怎……么样？香……不……香？"

伍一舟放下酒碗，点点头说："香。"

"算你……识货。"潘金花仰头喝了一大口，说，"我……做的老……酒汗，天……下第……一。"

伍一舟坐着没有动，他眼睛也没有动，看着潘金花。

潘金花已不再看伍一舟，也不再叫伍一舟喝酒，她端起碗，大口大口地喝。伍一舟本想开口阻止，话未出口，又咽了回去。

潘金花喝完一壶后，歪歪斜斜站起来，又去打了半壶。坐回餐桌边，她眼睛直直地看着空碗，过了一会儿，叹一口气，自言自语："再……喝一……碗，就一……碗。"

伍一舟发现潘金花的脸色突然变了，她原本又黑又黄的脸色突然变红，闪着亮光。伍一舟知道她醉了，让他没有想到的是，潘金花这时将酒碗重重往餐桌上一放，伸手摸一把脸，突然放声大哭起来。

潘金花的哭声将伍一舟吓了一跳，她属于干嚎，只有声音没有泪水。她哇啦哇啦哭了一通，高低起伏，长长短短，像一首乐章的前奏，又像一个瞎子在探路。哭了一段时间后，声音慢慢平稳了，她一张口，唱起了"唐诗"。

伍一舟从潘金花唱的"唐诗"里知道，他们的儿子一出娘胎就死了，他去青海劳改后，潘金花去街道工厂打零工，赚点钱做老酒汗喝。

伍一舟看着潘金花，潘金花并不看他，她只管放声高唱，目中无人。伍一舟伸手过去，握住她的手，她由伍一舟握着。伍一舟站起来，走到她身后，从后面抱着她，她也没有挣扎，沉醉在自己的"唐诗"里，沉醉在她的世界里。

伍一舟烧了一锅热水，慢慢脱了潘金花的衣服，抱她去洗澡，她也没有反对，依然高声唱着"唐诗"。

江心屿国营酒厂安排伍一舟回去上班，伍一舟去上了一个月后，办了停薪留职手续。他打破了自己这辈子不再做老酒汗的誓言，在家里重操旧业，做起了老酒汗。

伍一舟卖酒存了一些钱后，把潘金花送到塔下精神病院住了一段时间，他每天去医院探望一趟。

半年以后，伍一舟将潘金花接回甜井巷。潘金花什么话也没说，拉着伍一舟的手，无声地掉眼泪。

从塔下精神病医院出来后，潘金花戒掉了喝酒习惯，也没有再唱"唐诗"。她想喝酒时，会看着伍一舟无声掉眼泪。伍一舟走过去，拉着她的手，看着她的眼睛，她慢慢安静下来。

老酒汗的生意有一段时间挺兴旺，买的人必须预约。有人劝伍一舟到外面租一个工厂，扩大生产，伍一舟笑笑，没有答话。

每年农历最冷的正月和最热的七月，伍一舟都要关了家门，带着潘金花，两人各自背着一个包袱，手拉着手出门去了。

他们花了二十年时间，走遍了所有想去的山，看尽所有想看的水。

二十年后，伍一舟已经满头白发，潘金花掉光了所有牙齿。

伍一舟的老酒汗还在做，只是量越来越少。当然，来买老酒汗的人也越来越少,有时半个月也没有一个客人上门。

有一天,来了一个老太太,老太太带着一男一女两个中年人,还有一对青年男女,这对青年男女看起来不像中国人,也不像外国人,估计是混血儿。这五个人找到伍一舟,伍一舟以为他们是来买老酒汗的,也不开口与他们打招呼。老太太并不是来买老酒汗的,她问伍一舟的父亲叫什么名字,伍一舟想了半天,才想起父亲叫伍十杖。老太太问伍一舟能不能带他们去他父亲的坟地看看。伍一舟问她有什么事,老太太不说。到了坟地,老太太领着四个人对着坟穴磕头烧冥币。然后又回到甜井巷,这时,老太太才告诉伍一舟,她是青田卢自梅的女儿,跟伍一舟同岁,这对中年人是她子女,一对青年人是她孙辈。她今天来是替她父亲和母亲赎一个罪,当年她父亲偷渡去了意大利,是伍一舟父亲接济了他们八年,她父亲夏舱回来接他们去意大利时,以为伍十杖跟她母亲卢自梅有私情,将酒醉的伍十杖推进瓯江。到了意大利后,他才知道卢自梅跟伍十杖关系清白。父亲临死前交代她,有生之年一定要去信河街,找到伍十杖后人,当面认罪。

老太太问伍一舟有什么要求,父亲专门存了一笔钱用来补偿伍家。伍一舟想了好长一段时间,说:"我只有一个要求。"

"你说你说。"老太太迫不及待。

"请你们喝一顿老酒汗。"伍一舟一字一顿地说。

老太太不解地问:"请我们喝一顿酒?"

伍一舟点点头说:"对,喝一顿酒。"

伍一舟端出一坛老酒汗,给每个人倒一酒壶。老太太见伍一舟前面的碗,问他说:"你自己怎么不倒酒?"

伍一舟说:"我戒了四十多年了。"

老太太说:"为什么要戒?"

伍一舟说:"这酒害人。"

老太太说:"既然害人,你为什么还要做酒。"

伍一舟:"它也可以救人。"

老太太没有再问,她看了一下碗里的酒,伸出鼻子深深嗅了一下,端起酒碗,哈了一口气,一碗老酒汗就见底了。伍一舟看着这个跟自己同龄的老太太,想开口说句什么,却又觉得什么话也没有。

老太太喝了半斤左右,酒碗重重一放,伸手摸一把脸,突然放声大哭起来,一边哭一边咿咿呀呀唱了起来。伍一舟一听,眼泪滚出来了。

2016 年

活在尘世太寂寞

诸葛家族是信河街名门，以医行世，有诗名。据族谱记载，始迁祖为青松公。公元一千一百三十年正月，青松公作为皇室御医追随宋高宗赵构南逃至信河街。五十六天后，北方战事稍缓，赵构从海上去绍兴，部分随行暂时滞留信河街。诸葛青松就是滞留下来的随行之一，此后在信河街落根。

他们以儿科闻名，有许多祖传绝活，譬如用采集来的露水治红眼病，譬如用鸡蛋壳治少儿惊吓，譬如用隔夜的洗碗水治嘴角溃疡，譬如用锅灰治咳嗽，手到病除，堪称神技。有些祖传绝活他们是秘而不宣的,他们用的中药都是自己研制,每一个药罐的肚子贴一条红纸,上有四字:诸葛家药。在信河街的人看来,每个药罐都是一个宝葫芦,里面有各种灵丹妙药,有吃的,有敷的,有洗的,也有用来闻的。信河街的人一致认为,这个家族是个谜,他们头上顶着光环。更主要的是,诸葛家族的人也是这么认为的,他们在平时的言行举止中,有意无意流露出祖上与宋皇室的关系,摆出一副高高在上的姿态。

诸葛志是诸葛青松第四十四世孙,他有一个双胞胎妹妹诸葛莉莉。

诸葛志一出世就注定这一生要走的路。他还不识字,父亲教他读《千金要方》《灵枢素问》,逐字逐句讲解给他听。每天让他背诵《医学三字经》《汤头歌》等口诀,同时要求背诵的还有《唐诗三百首》《宋诗选》。他一直记得一个场景,那一天,父亲让他背诵《汤头歌》(诸葛志后来才知道,《汤头歌》不是他们家传之物,也不是宋朝的药书,作者是清朝人汪昂)里的"秦艽扶嬴汤",一共四句,"秦艽扶嬴鳖甲柴,低骨柴胡及青蒿。半夏人参兼灸草,肺劳蒸咳服之谐。"他很快记住了后面三句,奇怪的是,第一句却记不住。到了规定时间,父亲来检查,他一张口就是"低骨柴胡及青蒿"。父亲再给他一刻钟,再来检查时,他还是"低骨柴胡及青蒿"。连续三次,父亲说,你今天午餐不用吃了。过了中午,他终于会背了,却总是将"芄"读成"九",将"蠃"读成"蠃"。父亲说,跪下。他扑通一声跪下,继续背。又过了半个钟头,他终于将第一句准确地背下来,却将后面三句忘得一干二净。父亲没有再说话,操起鸡毛掸子毫不客气地落在他背上,一下又一下。他的眼泪一颗一颗掉下来,但没有哭出声。

诸葛莉莉见他每天背诵这些口诀,觉得好玩,也跟着背。有一天,妹妹一个人在玩捏泥人的游戏时无意中唱起那些口诀,恰好被父亲听见。父亲二话没讲,左手拎起她一条手臂,右手拿着鸡毛掸子,诸葛莉莉的哭声像防空报警器一样叫起来,她的双腿出现了一条又一条彩虹。从那以后,妹妹看见哥哥就躲开,因为哥哥手里总捧着药书。看见父亲就用手捂住嘴巴,她担心一不小心又背出那些口诀,腿上又会被父亲打出一条条彩虹。

诊所是和家连在一起的，诊所临街，后院住家。从诸葛志懂事起，父亲就将他带在身边，让他抄药方。父亲从小练就一手秀丽毛笔字，这是诸葛家族的人必须做的一门功课，诸葛志没有理由不会。在诊所，经常抬来危急病人，家属哭喊皇天。一见这种场面，诸葛志心头怦怦乱跳，手脚发麻、颤抖，眼神慌乱。父亲眼睛一瞪，他便如被施了定身法立在那儿。父亲一点不急，眼前发生的事似乎跟他一点关系没有，家属的哭与喊，病人的生与死，没有丝毫影响他的心情和动作。在诸葛志看来，父亲像一个心硬如铁的妖怪，他能决定人的生死，却对生命无动于衷。

父亲并不是一个严厉的人。除了教诸葛志学医和阻止诸葛莉莉学医，他平时不骂他们，更不会动手。只要出了诊所，父亲甚至是个和善和有趣的人，他对谁都是笑眯眯，对诸葛志两兄妹也是。他会用信河街方言吟唱唐诗，一唱唐诗，他就像变了一个人，表情夸张，动作搞怪，再加上那奇特的唱调，每一次，诸葛志和妹妹都笑得要尿裤子。可是，父亲一走进诊所，立即变成了另一个样子。他不像一个父亲了，也不是一个医师了，诸葛志觉得他像庙里的一尊神像,高高在上,神秘莫测,不能亲近。

父亲在诸葛志二十五岁那年去世。他们家族有个宿命怪圈,男丁活不过五十四岁,都是无疾而终。这对家族的声誉是有损害的,他们以医传家,却如此短寿,岂不是自掴嘴巴?可是,短寿却从另一个方面增加家族的神秘感。坊间传说,他们本是仙界的人,来凡间治病救人,相当于出一趟差,不会逗留很久的。

父亲成仙前,斥退其他人,对诸葛志有一句临终遗言。他说这句话是诸葛志爷爷成仙前交代他的。这是诸葛家族八百多年的传统,有了这句话,才算拿到诸葛家族传人的牌照。只有领会了这句话,才算得到诸葛家族的医学真传,才能成为一个真正的医师。

当诸葛志听了交代的那句话后,脑袋嗡一声巨响,觉得头上有一道金色的光柱倾射而下,将身体照得透明。他看见自己的灵魂离开身体,像一阵青烟被吹散。而父亲的灵魂随着那道光柱,强烈灌注进他的身体。他一下子泪流满面,从那一刻起,他成了他父亲。

没有人知道父亲最后对诸葛志说了句什么话,诸葛志也没有说。他不会说的，所有人都知道，这句话他是要在成仙前留给他儿子的。

接手诊所后，诸葛志立即发现自己变了。

首先是说话。他原来的声音又硬又尖又急，像两块铁片摩擦出来的。诸葛志也知道自己的声音不好，太急促了，每句话都说得磕磕巴巴。他也着急，也想改过来。他努力了，有意压低声调，放缓节奏，然而，说不了两句，声调不知不觉又爬上去，越爬越高，越爬越快，着了魔似的，仿佛背后有东西推着他，想停却停不下来。可是，当他坐上父亲的位置，一张口，他就发现，对了，声音缓慢下来了，柔和下来了。他是一个字一个字吐出来的，字和字之间隔着无限的时间，好像有一个世纪那么长。而每个字之间是连绵在一起的，每个字都是经过慎重考虑才发出来的，是不容置疑的。

其次是动作。他以前做动作是无意识的，很多时候他不知道自己为什么要伸出一只手。可是，他发现，现在不是了，他的每一个动作都是经过设计的。他觉得诊所的墙壁上挤满了人，那些人他只认识父亲，可他知道，跟父亲站在一起的都是他的列祖列宗，他们跟父亲一模一样。他们一声不吭地看着他。

接着是心脏。无论病人和家属有多急,无论他们的哭声有多高,他的面色不会有任何变化,他的动作不会比平时快一分,说话的语速也不会快一秒。这些不会变化的原因,是他的心脏没有出现波动。无论什么病人,到了他这里,在没有诊断之前,他就知道,他能将对方的病治好,如果他治不好,这个病人只有等死,没有其他选择。他知道这不是自信,而是诸葛家族的使命。他必须将病人治好。治不好就是砸了诸葛家族的招牌,他就是罪人,是千古罪人。

再就是形象。他发现,一坐上父亲以前坐过的位置,他就变成一个模糊了年龄的人,没人看得出他是二十多岁还是五十多岁。他的一言一行都是父亲的翻版,做的事情也是父亲的延续,病人和家属也像称呼他父亲一样叫他"诸葛医师"。诸葛志从病人和家属的眼神看得出来,他和父亲没有任何区别,父亲就是他,他就是父亲。他和父亲合二为一了。

诸葛志跟父亲不同的地方是,父亲会唱唐诗,他不会。但诸葛志会写诗,旧诗新诗都能写,而且还在信河街日报的钟鼓楼副刊发表过，拿过稿费。这点父亲不会。还有，诸葛志比父亲更沉默，除了在诊所跟病人和家属进行必要的沟通，他在家里很少开口。他有两个好友，也是文友，一个是信河街日报钟鼓楼副刊编辑黄公巢，另一个是悦乎书店老板王乐天，他们三人时常约到株柏码头的东海渔村小酌。即使是三人相聚，诸葛志也是听得多说得少。

但有一点诸葛志是深信不疑的，他继承了父亲所有本领。这一点信河街所有的人也是深信不疑的。信河街的人相信，诸葛家族的人一生下来就能够看病救人，个个是身怀绝技的"诸葛医师"，都是手到病除的神医。

诸葛志有一个神秘的医疗箱，箱里有一个用麻布捆起来的包，里面藏着诸葛家族的神秘武器。那个包只有诸葛家族才有，只有"诸葛医师"才能动，是诸葛家先祖从天上带下来的"神器"。

黄公巢原来不认识诸葛志，他听说过诸葛家族的传说，知道他们在儿科方面有专长。他在报社上班，见多识广，对这类民间传说多是一笑了之。

黄公巢认识诸葛志是因为六岁的儿子，儿子发烧一个多月了,先是用退热贴,没用。送去医院,医师开了药,吃了,也没用。又去医院,医师建议打青霉素。打了,烧退了。第二天,又升到四十度,只能去医院再打。先打手臂,再打脚,密密麻麻都是针眼,体温忽上忽下。实在走投无路,黄公巢才在那天下午想起诸葛志,有点死马当活马医的味道。

到了诸葛诊所,诸葛志摸摸孩子额头,看了看孩子手上和腿上的针眼,一脸寡然。他不紧不慢地给孩子量了体温,然后拿着听诊器放在孩子胸口听了一会儿。放下听诊器后,他转身打开放在办公桌里边一个黑色医疗箱,拿出一捆用麻布包裹起来的东西。他将麻布打开,里面是一捆卷起来的纱布。他将卷起来的纱布摊开,里面躺着十几根头发丝那么细的银针,每根大约有八公分长,它们像一条条松针躺在麻布上,发出青亮的光。诸葛志用右手取出一根银针,用拇指、食指和中指轻轻地搓揉着那根银针。左手拉过孩子的手,用拇指缓慢地搓揉着孩子的各个指尖,似乎在按摩,又好像在寻找什么。大约过了十分钟,他搓揉银针和孩子的双手同时停顿下来,身体靠近孩子,用银针在孩子的中指指尖刺了一下,孩子啊了一声,还没有哭出来,银针已经收回了。孩子的指尖渗出一滴墨色的血滴。诸葛志放下银针,用备好放在篮子里的湿毛巾擦了擦手,缓缓地,几乎是命令式地对黄公巢说:"回去吧,让孩子睡一觉,明天就好。"

黄公巢孩子在回家路上就睡着了,而且是沉沉睡去,一直睡到第二天早上。夜里,黄公巢摸了三次孩子的额头,依然烫,他不放心,又量了体温,三次都是三十八度半。到了早上,孩子醒了,体温恢复正常,能够下地跑动了。

从那以后,黄公巢经常去诸葛志诊所坐坐。去得多了,诸葛志知道他是信河街日报钟鼓楼副刊编辑,便将他写的旧诗和新诗拿出来向他请教。黄公巢发现他的旧诗和新诗都写得不错,用词精炼,意境古朴,诗里有浓浓的草药味。比较起来,新诗活泼一些,从很小的切口进入,表达他对当下一些人与事的看法。在征得他的同意后,黄公巢选择两首发在他主持的副刊上。

诗歌见报后,黄公巢将当天的报纸送到诊所,诸葛志什么话也没有说,脸上表情也没有变化。但黄公巢发现,他在翻看报纸时,手指在微微颤抖。从那以后,写出新的诗歌作品，诸葛志还会拿给黄公巢看，也会跟黄公巢和王乐天探讨，可是，他再也不肯将诗歌拿出去发表，黄公巢无论如何劝说也没用。

成了朋友之后，黄公巢多次介绍亲戚朋友的孩子来诸葛志诊所。他这么做，一个原因当然是和诸葛志成了朋友，帮朋友做宣传是理所当然的。可是，他内心深处有个目的，他总觉得诸葛志那根银针过于蹊跷。他私下里咨询过几个西医儿科医师，没有人能够解释指尖放血和退烧的关系。所以，每一次介绍亲戚朋友的孩子来诊所后，黄公巢第二天都会打电话去询问孩子发烧情况，得到的答案都说孩子退烧了，诸葛医师真是神医。听了这样的话，黄公巢在高兴的同时，又有一丝失落。

有一天晚上，悦乎书店老板王乐天积攒了五次稿酬，约了一个酒局。他们三人在株柏码头的东海渔村喝酒，酒至微醺，黄公巢问诸葛志："我有一个问题不知好不好问？"

诸葛志端坐不动，歪头看着黄公巢，也不说话，但那架势是明白的，意思就是"你问吧"。

黄公巢继续说："如果问得不对，你不要怪我。"

王乐天也已微醺，看看诸葛志，又看了看黄公巢，端起酒杯说："先喝了这一杯酒再说。"

喝完那酒后，黄公巢放下酒杯，依然盯着诸葛志说："我知道你们诸葛家很神奇，有很多不可思议的地方，可是，我怎么也想不明白，你们用一根银针刺破孩子指尖，就能让孩子退烧，这个做法从现代医学的原理上解释不清楚啊？"

诸葛志沉默了一会儿，寡着脸说："我也解释不清楚。"

黄公巢猜不出他说的是不是真话，接着问道："有没有碰到没有退烧的？"

诸葛志想也没想，摇头说："没有。"

黄公巢问道："一个也没有？"

诸葛志斜了他一眼，加重口气说："一个也没有。"

王乐天觉得气氛有点僵硬，举起酒杯说："喝酒，我们喝酒，谈文学。"

诸葛志也不看他们两个，拿起桌上满杯的老酒汗，一口倒进喉咙。

黄公巢和王乐天见他这阵势，知道是恼了，拿酒出气。

诸葛志平时喝酒很节制,黄公巢和王乐天喝三杯,他才喝一杯。这跟他平时言行节奏是一致的,他们两个已经习惯。但是,这一天晚上,诸葛志有点不节制了,他喝得比平时主动,超量了。出门时,诸葛志坐在位子上站不起来,嘴里念念有词,听不明白内容。黄公巢和王乐天一左一右将他架起来,叫了一辆出租车,将他送回家。

第二天一早,诸葛志坐在诊所里,四下无人,突然掴了自己一巴掌,自言自语道:"他妈的诸葛志,祖宗的脸面都让你丢尽了。"

诸葛志这么骂有两个意思:一是昨晚酒醉失态,斯文扫地;二是指他儿子诸葛端阳,儿子现在是他的最大心病。

儿子诸葛端阳比黄公巢的儿子大两岁,今年刚读小学。按照规矩,诸葛家族的男丁,能开口讲话时就要背诵医药口诀。可是,诸葛志一教口诀他就哭,还没有打他呢,已经哭翻在地,边哭边打滚。按照诸葛志的脾气,他哭是没有用的,在地上打滚也没用。他已经记不得自己当年是不是也这么哭过闹过，小孩嘛，哪有不哭不闹的。可是，他们是诸葛家族的小孩，一般人家的小孩哭哭闹闹可能敷衍得过去，诸葛家族的孩子有特殊的使命，哭哭闹闹只是表象，只是做出来给外人看的，背诵这些口诀才是他们应该做的事情。所以，诸葛端阳五岁的时候，诸葛志决心让他背诵口诀。还是那样，诸葛志一走近他身边，没有开口，他已经翻倒在地，哇啦哇啦哭起来。诸葛志三下两下扒了他裤子，一手提起他的胳膊，鸡毛掸子一下一下抽下去，一下比一下狠，他的腿上立即出现了一道又一道彩虹。诸葛志问他背不背？儿子用更响亮的哇啦哇啦回答他。见鸡毛掸子没有奏效，诸葛志罚他跪地板。这一次他倒不哭了，诸葛志罚他跪多久他就跪多久，一直跪到体力不支瘫倒在地。诸葛志看见了，将他身体拉正，问他背不背？他一声不吭。见罚跪没作用，诸葛志决定不给他饭吃，一连饿他三天三夜。他妻子董滋润实在心疼，给他端了一碗水，诸葛志一把夺过来，问他背不背，他看了那碗水一眼，闭上了眼睛。诸葛志将那碗水泼了出去，水珠碎了一地，像他的心。

儿子不但不肯背诵医药口诀，诸葛家所有药物和神技在他身上都失效。这事只有诸葛志和董滋润知道，儿子每一次发烧，都是董滋润偷偷给他挂青霉素。

因为儿子的事，诸葛志好多次夜里惊醒过来，冷汗湿透睡衣。睡不着的时候，他只好披衣起来，去祠堂给列祖列宗磕头，向他们认罪，同时也请他们帮忙，不要让诸葛家族八百多年的绝学断送在他手里，如果这样的话，他是无颜去见列祖列宗的。

因为儿子实在不肯学医，诸葛志也动过别的脑筋，他跟董滋润商量，准备再生一个。董滋润说："如果生出来是个女孩呢？"

诸葛志咬咬牙说："他妈的，那你一直生，直到生出男孩为止。"

有一段时间，一到晚上，诸葛志早早关了诊所，拉着董滋润在床上奋战。董滋润知道兹事体大，诸葛家族八百多年的希望都寄托在她肚子里了，所以，在床上，董滋润比诸葛志更投入，更有神圣感，每次上床都像上战场。

可是，一年过去，董滋润的肚子毫无动静。董滋润也是学医出身，她学的是护理，为什么不能怀上孩子的问题对她来说过于专业，他们只好去找诸葛莉莉。

诸葛莉莉这时已是信河街人民医院妇产科主任，是信河街最著名的妇产科医师，民间称她"送子观音"。怀不上孩子的妇女只要找上她，基本能够实现当妈妈的愿望。诸葛莉莉当上妇产科医师与诸葛家族没有关系，她参加高考，上了医科大学，最后成了妇产科医师。当她成为信河街最著名的妇产科医师时，父亲已经完成了他在尘世的使命，回天上复命去了。如果父亲还活在世上，看见诸葛莉莉现在的成就，他会怎么想？诸葛志不知道，他也没有问过这个双胞胎妹妹为什么当年一定要选择医科大学，她为什么不选择金融专业？为什么不选择中文专业？当然，她也没有主动说为什么要选择医科大学，她当年背诵口诀可能只是出于好奇，选择医科大学也可能是无意之举。

诸葛莉莉检查了董滋润的身体，没有发现问题。又带诸葛志去检查了身体，也没有发现问题。诸葛莉莉的结论是他们的精神有问题，他们太紧张了，太想要个孩子了，结果适得其反，要放松，说不定一炮就打中了。

回家后，诸葛志和董滋润也作了总结，认为诸葛莉莉的分析有道理,决定放松对待这事。可是,诸葛志发现,董滋润是放开了,在床上呼风唤雨,完全成了她的主场。而诸葛志心里清楚,问题在他这里,他也想放开,可他怎么可能放开呢?有八百多年的历史压着他,有那么多列祖列宗看着他,他肩膀上扛着那么悠长的使命,他身体里流着诸葛家族那么浓的血,他的一言一行都被列祖列宗看在眼里,连心里的一个小念头也逃不过他们的眼睛,他怎么可能放得开?嗯?

后来,他们又去找诸葛莉莉,决定做试管婴儿。奇怪的是,培育的胚胎一进入董滋润体内立即死亡。试了两年,董滋润的肚子没有任何动静。

昨晚那一场大酒,算是喝伤了。诸葛志坐在人来人往的诊所,头晕脑胀,四肢乏力,胃里一阵阵泛酸。作为医师,他知道那是酒精在跟身体作斗争,它们在互相撕咬,看谁吞噬了谁。他坐着没动,来了病人,他也不开口讲话,诊断之后,开了药,交给董滋润处理,董滋润当了多年助理,他对她还是放心的。他很想在床上靠一下,哪怕是闭目养神也好。可是,他知道这是不可能的。从他接手诊所到现在,从没有因为身体原因离开过诊所,更不会在正常营业时间躺在床上。因为父亲就是这么做的,从他懂事起,他见到的父亲,不是在家里就是在诊所。父亲说,这个传统是祖上传下来的,列祖列宗都是这么做的。诸葛志知道,父亲现在正在诊所的墙壁上看着他,那眼神既有赞许也有责备,当然,更多的是责备。

一个早上,诸葛志喝了两大壶水。中午没有吃,他利用这段时间,回到后院,在床上眯了一下。他有午休的习惯,时间很短。医师的时间属于病人,有时刚刚躺下,病人就来了,他只好爬起来。他很快就睡着了。这天中午没有来病人,但诸葛志眯了一刻钟就醒来了。

在这短短的一刻钟里,诸葛志做了一个梦。他梦见了父亲,父亲什么话也没有说,只是用忧伤的眼神看着他。诸葛志知道父亲的眼神为什么忧伤,这也是他的忧伤。让诸葛志倍感压力的是父亲背后的列祖列宗,他们全都用忧伤的眼神看着他。他们虽然没有开口,但诸葛志分明听见他们齐齐喊出一句话。诸葛志就是被这句话惊醒的,惊出了一身冷汗,羞愧得再也不好意思躺在床上了。

下午,他的身体终于打败了昨晚的酒精,终于有了精神，那是一种颓废的精神，想将世界毁灭却无能为力的颓废。

到了傍晚，他内心蠢蠢欲动了，是的，他的身体渴了，想喝酒了。这种状况已经有一段时间了，每一次都想将自己灌醉，只有醉了他才不会想诊所的事，才不会想儿子的事。也只有醉了之后，父亲的眼神才会消失，列祖列宗的眼神才会消失。可是，他这么做的结果是，第二天更想喝酒，更想将自己灌醉。他没有跟黄公巢和王乐天说过这件事，也没有跟董滋润说过这件事。他都是一个人偷偷喝，或者找一个只有贩夫走卒才去的小酒馆，或者买一瓶半斤装的老酒汗，找一个没人的地方，一口干了，让身体逐渐麻木，头脑里冒出许多白色泡沫，泡沫越来越大，越来越多，挤满整个世界。他要的就是这种感觉。

他知道这种状态不对。这不是他想要的生活方式。他是诸葛家族成员，他的身体里流淌着诸葛家族的血液，他身上背负着诸葛家族八百多年的使命。他的生活不是他的，这条命也不是他的，他所有一切属于诸葛家族。他没有理由借酒精麻醉自己，更没有理由逃避。他不会答应自己这样做,诸葛家族的列祖列宗也不会答应。

诸葛志决定,晚上去一趟诸葛莉莉家,他想来想去,这事只有妹妹才能帮他。

吃了晚饭,诸葛志来到诸葛莉莉家。

诸葛莉莉住在别墅区,是一幢带花园的独立小别墅,上下两层,有五百平方米。离婚后,她一个人住。她的前夫也是个妇产科医师,离婚后下海办了一家私立产科医院。两人结婚六年,没有生育,没有人知道离婚的原因。

诸葛志跟这个双胞胎妹妹比较隔膜,上班以后,她就住到单位宿舍去,结婚和离婚更没有和家里商量。她在单位也绝口不提自己是诸葛家族的人,如果有人问她跟诸葛家族什么关系?她说没关系。她好像刻意要清除身上有关诸葛家族的痕迹。

诸葛志听说她在专业上很好胜,也很霸道,不允许有人在业务能力上超过她,她确实很努力,最终赢得"送子观音"称号。

诸葛志进了别墅,对诸葛莉莉说了自己的想法。诸葛莉莉看着他说:"这个想法我可以帮你实现,但你必须答应我一个要求。"

诸葛志说:"你有什么要求?"

诸葛莉莉还是看着他说:"我想知道,父亲最后跟你说的一句是什么话。"

诸葛志愣了一下,说:"你知道的,这句话我们诸葛家族只说给男丁听。"

"你当然也可以不告诉我。"诸葛莉莉冷冷地笑了一下说,"这是你作为诸葛家族传人的权利。"

诸葛志低头想了一下,抬头看着诸葛莉莉说:"你如果真想知道,我现在就可以告诉你。"

"不。"诸葛莉莉伸手阻止他的话,说,"等我帮你实现想法后,你再告诉我不迟。"

半年后,诸葛莉莉打电话叫诸葛志去别墅,将一个男婴交给诸葛志,然后看着诸葛志说:"我兑现了承诺,现在该你了。"

诸葛志看了看熟睡的孩子,问她:"你能告诉我,这孩子的父母是谁吗?"

"我不知道孩子的父亲是谁。"诸葛莉莉说,"但我知道这孩子的母亲是一个只有十六岁的小女孩,她找我做人流,我跟她做了一笔交易,让她生下这个孩子。"

诸葛志点点头,停了一下,问诸葛莉莉:"你确定想听父亲走前的那句话吗?"

诸葛莉莉说:"这是你的承诺。"

诸葛志喘了一口气,说:"父亲说,'于病人而言,诸葛家族的人就是神,你就是神,生死皆在掌控之中。'"

诸葛志说完后,看着诸葛莉莉,她仿佛灵魂出窍,站在那里,一动不动,目光空洞,面无表情。

2016 年

跋

啰唆几句。

1. 小说集篇目排列，各有各的排法，以发表时间由近至远，可能是最偷懒的。但也有好处，大致可以看出我的写作轨迹。这个轨迹既是对世界的认知，也是对自我的确认。在认知和确认中，或许可看出一个人的人生轨迹。

2. 小说发生地依然是信河街，主角身份大多是手艺人，有唱戏的、做京剧盔头的、做木雕的、打渔的、画画的、做酒的、行医的、卖书的、当服装设计师的，等等。

3. 在这些手艺人身上，我看到了传承，也看到了文化。我不能说这就是中国文化，但有一点是肯定的，他们是中国文化的组成部分，异常坚实与牢固的部分。如果夸张一点，我可以说，他们是中国文化的缩影。

4. 在当下，手艺人的境况可能更微妙，因为有坚持，他们内心更骄傲，因为有传承，他们内心更卑微，骄傲和卑微使他们焦虑。他们与世界的关系不可调和，剑拔弩张了。这种紧张是静水深流的，也是巨浪滔天的。

5. 这是一本短篇小说集。短篇小说是紧张的艺术，是撕裂的艺术，是飞翔的艺术，更是神秘的艺术。我认为，杰出的短篇小说，应该像夏日午后的雷阵雨，风云骤起，天塌地陷，刹那间，云开日出，微风轻摇草尖雨滴，每颗雨滴饱含着一座梦幻般的彩虹。

6. 从某种意义讲，写短篇小说的人也是手艺人。是通灵的手艺人。

7. 小说当然是讲故事的艺术，但在这些短篇小说里，故事不是最主要的，我更愿意呈现的是人物对世界的看法，拔高一点，也可以叫世界观。

是为跋。

2021 年 10 月 26 日

图书在版编目（CIP）数据

仙境 / 哲贵著. -- 上海：上海文艺出版社,2022.1
ISBN 978-7-5321-8181-0
Ⅰ.①仙… Ⅱ.①哲… Ⅲ.①短篇小说－小说集－中国－当代
Ⅳ.①I247.7
中国版本图书馆CIP数据核字(2021)第273841号

发 行 人：毕　胜
策　　划：李伟长
责任编辑：李　霞
封面设计：人马艺术设计·储平

书　　名：仙　境
作　　者：哲　贵
出　　版：上海世纪出版集团　上海文艺出版社
地　　址：上海市闵行区号景路159弄A座2楼 201101
发　　行：上海文艺出版社发行中心
　　　　　上海市闵行区号景路159弄A座2楼206室　201101　www.ewen.co
印　　刷：上海盛通时代印刷有限公司
开　　本：787×1092 1/32
印　　张：9.25
插　　页：5
字　　数：135,000
印　　次：2022年2月第1版 2022年2月第1次印刷
Ｉ Ｓ Ｂ Ｎ：978-7-5321-8181-0/I.6469
定　　价：68.00元
告 读 者：如发现本书有质量问题请与印刷厂质量科联系　T:021-37910000